六书坊
Six Arts Library Series

处女湖

竹林 著

武汉大学出版社
WUHAN UNIVERSITY PRESS

图书在版编目(CIP)数据

处女湖/竹林著.—武汉:武汉大学出版社,2016.3
六书坊
ISBN 978-7-307-15018-8

Ⅰ.处… Ⅱ.竹… Ⅲ.①诗集—中国—当代 ②散文集—中国—当代 Ⅳ.I217.2

中国版本图书馆 CIP 数据核字(2015)第 001679 号

责任编辑:张福臣　　责任校对:汪欣怡　　版式设计:韩闻锦

出版发行:**武汉大学出版社**　(430072　武昌　珞珈山)
(电子邮件:cbs22@whu.edu.cn 网址:www.wdp.com.cn)
印刷:湖北钟祥知音印务有限公司
开本:880×1230　1/32　印张:6.25　字数:108 千字
版次:2016 年 3 月第 1 版　　2016 年 3 月第 1 次印刷
ISBN 978-7-307-15018-8　　定价:25.00 元

六书坊

Six Arts Library Series

目 录
CONTENTS

一　山水寄情（散文诗）

二　山河感怀

目 录

CONTENTS

五 域外传真

一 山水寄情（散文诗）

>>>

九寨沟情思

诺日朗瀑布

群山还在迷雾中沉睡，林中的小鸟已唱出了清晓的歌。我对着清澈的湖水精心打扮。我采摘带露的野花，编成美丽的花环，缀在胸前。

不要用这样的目光盯视我，哦，我的朋友，今天我要去拜见诺日朗瀑布。

在深深的峡谷里，生长着湿淋淋的水杨和水柳，巨石上爬满了青苔，砍倒的乔木像断臂一样搭在湍急的溪流之上。

柔弱的小花不在这儿开放，胆怯的小鸟也不敢在此建筑它们的窠。在墙一样陡峭的断崖上，瀑布轰鸣而下，像奔腾的火车，似倒挂的江河。

蹑足走过摇晃的独木桥，哦，诺日朗，我战战兢兢地抬头仰望你；你呼啸着奔向前程，奔向自由；太阳用七色的彩虹为你加冕，在你恢弘的气势和雄姿面前，我鲜明的衣裳和容颜黯然失色。

我羞愧地摘下胸前的花环，用力把它扔进深涧；美丽的花环转瞬即逝，不曾留下一星色彩的印痕。

哦，诺日朗，诺日朗，你凶猛豪放的激情滔滔滚滚，没有谁能挽住你的脚步。

然而你确确实实卷走了我的花朵，和花朵上的点点晨露，诺日朗！

处 女 湖

你有巨松林立的青山作屏障，青萋萋的芦苇是你的近邻；那映着群山磅礴倒影的黄龙海，日日夜夜向你闪烁着迷人的波光。

你不用繁杂的花草装饰自己，也不许飞来的野禽在你的心上游戏；只有单纯如一的水杨树像嫩绿的披巾，紧掩着你恬静的容颜；老树淡红色的根须，在你蓝色透明的水流里飘荡，恰似你幽雅的长发。

多想投一块石子激起你的涟漪，多想掬一捧清水，汲取你的纯净啊！但是我不敢，生怕我不洁的手玷污了你，生怕我沉重的喘息惊吓了你。

哦，这一片深藏的幽蓝，深藏的幽蓝啊！

你是紧裹在花蕾里的一茎花蕊，羞于春风的爱抚和阳光的亲吻；

你是隐藏在夜的宝库里的一枚明珠，只在幽暗中熠熠发光。

我不敢在这里久留，我忐忑不安地离开了你；

然而短暂的一瞥，我已汲取了你的纯净，处女湖！

爱情海

来吧，如果你想寻找初恋的甜蜜，请到这爱情海上来——

红杜鹃，紫杜鹃，杜鹃花开的小岛，藏在这深蓝色的海子里；

野蜜蜂，花蝴蝶，踏着曼妙的舞姿，醉在缤纷的花丛中；

碧波亲吻蓓蕾微绽的枝条，悄悄闪出萌动的春情。

来吧，如果你想寻找缠绵的柔情，请到这爱情海上来——

藤缠树，树缠藤，相依偎的婆娑倩影，藏在深蓝色的海子里；

红叶斑斓，白云轻飘，粉红色的笑靥，映在浓绿的青冈树上；

碧波围绕着繁花密叶，喃喃地倾吐着无限的情思。

来吧，如果你想寻找美满的幸福，请到这爱情海上来——

鸭成双，鸟配对，双双对对的伴侣，藏在这深蓝色的海子里；

野樱桃，山核桃，红红绿绿的果实，挂在弯弯的细枝上；

涟漪乍起，碧波怀抱累累硕果，娓娓诉说着秋日的富足与丰盈。

来吧，如果你想寻找失落的梦境，请到这爱情海上来——

花欲谢，树不老，生命的幻想之花，藏在这蓝色的海子里。

……

镇海池

这一层层铺展下来的，是水池么？

不，这分明是满盛着灵幻之音的梦池，从那浓艳的蓝天边缘，像梯田一样盘桓而下。

太阳升起来了。亮灿灿的金针，在蓝绸似的水面上织出绚丽的细花，像开屏的孔雀，似揉皱的彩虹。

白云飘过来了。水流淙淙，欢唱着脱去彩色的披纱，那黄色和白色的美丽花朵，从淡蓝色清澈的水底显露出来，沉静地微笑着。

夜幕降临了。白云撕裹的尘世尚在遥远的山下喧嚣，这里却只有闪闪的星光，像一些发亮的音符叮当落下，在幽暗的水面上奏出神秘的乐曲。

哦，这大江的源头，生命的摇篮，原来也是这样色彩斑斓的；然而，在这斑斓的色彩之中，一个个石铸的园塔重重地立在中间，统治着这里的水和声音，统治着我飞翔的梦魂……

（镇海池位于川西北松潘县海拔4600米的黄龙山顶）

河西走廊行

缓慢（嘉峪关）

断墙、残壁，倒塌的烽火台；衰草、落日，飞扬的尘埃。

燃烧的天空，昏暗的大地。

古长城是一条被黄沙和干旱困厄的黄龙，快要渴死了；可是它的躯体内仍蕴藏着巨大的生命力；它还在爬，还在爬……

它已经爬了两千年。

力量（风）

它在一切地方留下行进的足迹。

它推来沙丘，在那上面吹描出极精致的波纹。

它扭曲枣树，把顺畅的枝干弯得虬枝盘曲。

它捏碎坚硬的石头，将那灰黑的粉末撒在一片黄白的沙砾之上，给茫茫大漠平添了一种深沉的忧郁。

它卷起黄土，铸成一根根黄色的圆柱，高大、笨拙，直直地矗立，缓缓地移动，仿佛大沙漠里威严的擎天柱。

生命（钻天杨）

它是沙漠里是好汉。

它挺拔、正直、伟岸的身躯从来不知道什么是弯曲。

它顽强、坚忍，扎根于干旱的沙砾里，从来不嫌艰苦。

它温柔、敦厚，片片绿叶在阳光下欢乐地絮语，向蓝天诉说大地的情思。

它用胸膛揽出一块块农田，使这里有了荞麦的红艳，有了胡麻的黄澄；有了累累瓜果，有了袅袅炊烟……

疑问（风蚀林）

风把地表的黄土刮掉了，它刮得那么蛮横又那么刁钻，使残存的泥块似墙，似峰，似衰老的古树和欲坠的石柱……

在这一片奇异的森林面前，我不知道，应该赞美风的力量，还是大地的顽强？

顽强（风蚀坟）

像海浪一样连天翻涌，像雨点一样撒遍大漠的——这是坟。

绿茸茸的坟，兀立在沙海里；灰惨惨的天，压在那上面。

人说绿色象征生命，戈壁滩的生命偏偏在这累累青冢间繁衍。

朔风吹来白沙，被一颗草籽抓住了。草籽从沙砾间绽出嫩芽，沙即向草边聚拢，草便因此蔓延；蔓延的草固定了沙，年年月月，周而复始，沙砾盖住小草，小草冲破沙砾。

顽强的生命在沙砾上产生，无情的黄沙又替逝去了的小草筑起壮丽的坟墓……而青海头征人的孤魂，尚在冥冥的空旷中流浪。

魅力（莫高窟）

黑暗，像一团饥渴的幽灵，从蒙昧的洪荒时代起，它就在这山洞里游荡。

壁画和彩塑，一颗颗瑰丽的珍宝，从遥远的皇朝开始，便在黑暗中熠熠放光。

那华贵的被娇嫩的花瓣勾挂的飘飘衣袂，那轻盈地在蓝天翱翔的奇妙的舞姿，东方“蒙娜丽莎”的恬静微笑，霹雳火神的勃然大怒……鲜花一样多彩，云霓一样迷幻，星辰一样浩瀚，大地一样真实。

人们说，这就是艺术。

时间的灰尘，朝代的更替，兵燹的灾难，盗贼的劫掠，全都毁灭不了它的存在，更毁灭不了它的价值。

人们想永垂不朽，但历史却终将他们的名字抹去；

艺术即使在最黑暗的石洞里，也同时间一起永存！

永恒（田野）

凝固的天和凝固的地，同样凝固不变的粲白和灰黑。

斑痕累累的土丘，毛刺刺的骆驼草，没有流水的坚硬河床。

黄羊缓缓地吃草，人们慢慢地劳作。

被开垦的田块像鲜绿的补丁贴在大漠的制服上，还绣着一朵不那么洁白的小花朵儿。

世世代代，年年月月，谁能为它脱掉这件坚硬的制服？

空无（海市蜃楼）

浩渺的旷野，无边的沙浪。

没有声音，没有行动；

没有花的绚丽，没有叶的斑斓；

没有山的苍翠，海的蔚蓝；

甚至，也找不见死神的黑色阴影。

生命在此消匿，世界被涂抹干净。

一切都没有了，也就有了一切。

看，水漫过来了，漫过来了；

在那亮晃晃的天边，分明溢出蓝汪汪的一泓春水；

风帆点点，鳞光闪闪，赭色的堤岸伸向远方的亭台楼阁；

山色朦胧，杨柳弯弯，云雾低垂在芦苇摇曳的绿叶上。

多少人扑上前去，但谁也走不到那湖边；

只有自由的灵魂，才能去遨游那美丽的仙境……

月牙泉

美丽的鸣沙山坐落在荒凉的戈壁滩上，细沙闪出熟麦穗的金光。变幻的光线切割出它迷人的线条，浩渺的蓝天衬托出它骄傲的身姿。

温柔的月牙泉匍匐在鸣沙山脚下，皎洁的月光映照着它幽深的泉眼，翠绿的芦苇是它朴素的装饰。

山和泉相依相偎，这是大自然的一份喜悦。

山说，我爱你，让我的爱填满你的心。

金色的沙子纷纷落下，像流淌的蜜汁，像融化的春雪。

许多天过去了，许多年过去了。

泉水依然清澈明亮，深不见底。

山说，我恨你，让我愤怒的火焰把你烧干。

风席卷起沙，沙染黄了风。风沙狂舞，高唱着毁灭之歌。

天消融了，地不见了。

在一片原始的混沌中，泉像一弯闪闪的新月。

山累了，在痛苦中扭曲着身子，向泉眼投下它的困惑。

泉说，我向你敞开了一切，没有藏起一块碎石、一粒泥沙。你看得太清楚了，因此你不认得我。

如果我是一池浅薄的泉水，就会在满足中枯竭，再激不起一丝湿润的微波。

如果我是一条流淌的河，我就跳跃着奔向前方，永远也不回头留恋。

但我只是一眼泉，一眼小小弯弯、明明亮亮的月牙泉。

你不晓得我的泉眼有多深，但你的身影就映在这里。

你填不满我的深穴，我的需求无穷无尽。

我的给予也无穷无尽，就像这永不枯竭的泉流。

我愿永远匍匐在你的脚下，但你永远不能主宰我。

川陇行

写在杜甫草堂前

清晨，我沿着花径朝前走去，蔷薇花因夜露的重压而悄悄低垂，柚子花为欢呼晨光而散发出阵阵芬芳。

温暖的太阳照着一片蓊郁的楠木树林，阳光镶嵌在叶间，好像开着一朵朵金花。

黄昏，我迈出柴门走进暮色。浣花溪静悄悄地躺在朦胧的雾霭中，没有喧嚣，也不流淌。溪面上密挤着茂盛的水花生，好像庄稼爬满了中原的田野。

牧童把水牛牵到河里洗澡，清澈的溪水刚好把牛背浸没。

深夜，狂风怒号，暴雨骤起。我紧闭纱窗，又拉上天蓝色的布帘。笔尖在纸上沙沙作响，好像细雨落在树叶上。

我心头升起隐隐的忧郁，好像听到了数百年前一个深秋夜里传来的忧国忧民的叹息。

雨、雾、水

雨如神奇的画笔，一层层融化了远山，却把翠色凝聚在近山。

麻柳树低垂着绿茸茸的花朵，黄桷树伸展着绿油油的枝叶；

水珠在青松的针叶上闪闪发亮，肥硕的桑叶像一把把摇晃的绿色小扇子。

连野草散发的湿气，也染着淡淡的绿意。

小小的黄雀为了衔住这一片清幽，在高高的银杏树上筑起了一个绿色的巢。

雾像淡淡的墨线，纠缠撕裹，系住了丘陵绿色的脊梁。

丘陵像停栖着的一只鸟，濡湿了全身翡翠的羽毛，想飞，却飞不起来。

在缓缓起伏的丘陵中间，汪着一湾多彩的生命湖泊：黄沉沉的小麦，青乌乌的油菜，嫩绿的秧田和根根翠竹……

河流绕着山脚前行，那里面映着山、映着树，也映着绚丽的生命的湖泊……

古老的风车在河边转啊转，它把真正的生命乳汁转上山冈。

七 女 峰

雨露还残留在纷披的蕨蕨草上，濡湿的玉合花已喷吐出淡淡的芬芳；野素馨轻轻地迎风摇荡——细雨后的七女峰含泪低首，凝睇着对岸高耸的青山。

七女峰的目光，是一缕缠绵的薄雾，在明朗的水波上游移着，送一团朦胧到对岸。

七女峰的目光，是一阵颤栗的微风，在坦荡的水面上躲闪着，送几分羞怯到对岸。

河水无休止地唱着高调，要给他们做媒——哗啦啦，哗啦啦……然而他们永远是牛郎织女，永远默默相对。

只有黑色的小鸟，唱着清脆的晚歌，闪电般飞向对岸，又从对岸飞回来。

夜 泊

我们的小舟泊在一个陌生的港湾，暮云四合，远山已在浓雾中消融。江上的船灯亮起，像蜂拥而至的萤火虫。许多船只过来又过去了。晚风不停地吹拂，我独坐船头，感受着宇宙的辽阔和人生的匆忙。

对岸的山腰上有一座灰色的小城，像一团谜，似一个梦。

阳　光

我们的车子穿过绿色的高原。阳光四射，碧蓝的天空下矗立着灿白的雪山；牦牛在低头吃草，藏族村寨的旗帜，被风弄得哗哗直响；光脑袋的小男孩笑眯眯地向我招手。我也饱尝着阳光里色彩的浓香，和浓香的阳光里溢出的色彩。

头顶上有一只雄鹰稳稳地飞翔，那是大山的灵魂，传说中的天神。

索　桥

变幻的晚云压着黑色的山峰。岷江水的波涛，正哗哗奔涌。风摇晃着激流上的索桥，好像凶猛的野兽扑取它的猎物。

我停下疲惫的脚步举目四望：哪儿有我熟悉的漠漠水田？哪儿有我闻惯了的栀子花香？

古老的羌寨躺在山岗上昏睡。羌笛的悲声围绕着寂寞的群山。一束紫色的马兰花，在对岸沉沉的暮色里昂然开放。

我走上索桥，世界在我的脚下咆哮发抖。从我心的深处，传来了远古时的旷野里的、狂暴的呼唤。

清　泉

阳光情意绵绵地缠在山的腰际，把重重叠叠的奇峰异石，隐匿在淡紫色的雾霭中。好像一本古老的画册，只打开了扉页。绿色的斜坡上，树丛因太阳光的润泽而变得生机勃勃，绿叶明亮得像精心雕刻的翡翠。

我抬起倦意犹存的眼皮举目四望：哪儿有我解渴的水？哪儿能让我洗净身上的征尘？

黄羊出没的小路上走来一位可爱的羌族姑娘，晒黑的脸蛋上挂着友善的微笑，银耳环叮叮当当，绣花衣裙像一片彩霞。

我轻轻地低头行礼，世界在我的眼下变得微不足道。从异族少女的黑眼睛里，我看见了一切人类所需要的解渴的清泉，和通往这清泉的一条洁净的小径。

过隧道

向后掠去了，那缓缓起伏的丘陵，那只生长着马尾松的贫瘠山地。

那黄泥土房，冒着袅袅炊烟；那青乌的小麦，泛着层层涟漪。

还有粗壮的泡桐，怒放的花朵如天边密集的紫烟；还有成排的洋槐，洁白的落英似遍地芬芳的雪片。

火车奔驰，那掠去的一切，如已逝的岁月。

忽然，眼前一片漆黑。

没有了繁花的绚丽，甚至也没有了——山野的寂静。火车驰入了山间隧道。

在黑暗的洞穴里，我向往着黑暗外的世界——思想仍在生命的花朵上闪耀，灵魂仍拥抱着坚实的大地。

去了，去了，那漆黑的一片。

前面有高耸的青山，有绕山而行的秀水。

桐子树像飘逸的绿云，细花如云中闪烁的星星。

野杜鹃似绯红的霞光，燃烧着沉静的大山。

我的心欢腾起舞，像自由的小鸟渴望飞翔。

在自己的人生旅途中，我也曾经历过这样的隧道。它是连接过去和未来的一段沼泽。

小　站

天色近晚，我们乘坐的火车停在一个无名的小站上。

雨点簌簌地落在麦田上，喜鹊在路边跳来跳去。河沟里泛起一圈圈涟漪。

浓绿的柏树静立在对面的丘陵上；这边幼弱的夹竹桃，在风里轻轻摇晃。

古老的银杏树默默伸向灰朦朦的天空，暮云般的密叶倾诉着大地绿色的渴望。

在人生的战场上，多么需要这样一个可以停泊的小站。

小　路

黄昏沐着一片蒙蒙雨雾，一团淡淡柔光。

小路沿着弯弯的小河前行，在河畔的小岛打了个结，然后穿过村庄、穿过竹林、穿过黄绿色的丘陵，向着遥远的谁也不知道的地方伸去。

在广漠的田野里，它看起来那么纤细柔弱，好像飘向天际的一条风筝的细线。

然而它又是这样坚忍顽强，把沿途的每一所房屋，每一株小草都牢牢抓住。

我说，小路是一条敏感而忠实的导线，它把无尽的欢愉和情爱，从这个地方送到那个地方。

二　山河感怀

>>>

青春作伴

我曾两度游览黄山。第一次是在二十年前，那时正是青春作伴的好时光。可惜身处的境遇不佳，心境苍凉，因此对沿途的松涛、竹韵和满目葱茏视而不见，匆匆登上光明顶，便算完成了黄山一游。然而从山顶放眼望去，只见白茫茫的一片，别的什么也没看见。于是我回去便写下了几句打油诗：站在光明顶上呼唤光明，回应我的是一片虚无。也许，所有的美景都在路上，所有的爱情都在梦中，所有的信仰都在眼前。

这是我当时心境的真实写照。其实，信仰也好，爱情也好，甚至包括景致，都是与人的生命状态密切相关的；不同的生命状态就会使它们呈现出不同的色彩。

第二次游黄山，是 2000 年金秋时节，参加安徽作协举办的“迎驾笔会”。此时自觉自己的生命状态已步入了成熟的中年，心态沉稳了许多，于是便不再紧随队伍猛赶，而是决心慢慢地欣赏沿途的风光了。

从北海宾馆出发，前往始信峰、猴子观海等景点，走了没多久，我看见路边的一棵松树，裸露在地面上的根部曲折有力地伸展开来，像一个爪子。我想拍照，又担心拍出来不好看。正在犹豫的时候，一个帅气的大男孩出现在我的面前——他长长茂密的黑发在头顶分开，从额际纷披下来，脸的轮廓和眉眼的神韵颇似当红歌星谢霆锋，但又比谢霆锋清瘦和白皙了许多。我说："咳，小谢!"

他很开朗地笑着纠正我："阿姨，我姓倪，你想拍照吗？我帮你拍。"这孩子真是善解人意，我马上把相机递给他。他接过去，拿在手里，似乎低头看了一下，几秒钟后就还给我："阿姨，拍好了。"

"拍好了？"我大惑不解，"我人还没过去呢。"

"你想拍人？"困惑的倒是他了。

"那当然了。"我忍俊不禁，女人哪怕到七十岁，也把自己的形象看得比老树根重要。

"我以为你要拍树根呢"，他有点腼腆了。我望着他哈哈大笑，直觉地就喜欢上了他；喜欢他天真里带一点莽撞，不刻意也不做作。我说："昨天晚上听你唱歌，唱得很有味道，像谢霆锋，就差一团烟雾，一个银色面具，还有一套白衣服和一把大吉他了。"

"不敢当不敢当!"他嘴里谦虚着，却笑嘻嘻地拍拍自己的黑毛衣，"我穿黑的"!

"黑色也是谢霆锋演唱会上经常穿的颜色嘛。"

"小谢"本名倪庆生，爸爸是迎驾集团老总，因他的赞助促成了这次笔会。"小谢"已经是大学生了，利用周末休息日来陪我们这些作家一起登黄山，想必这是父亲之命，于他，也未必有趣，才因此落在人群后面了吧。

我说："小谢，我们反正已经落伍，就不必追赶了。"

他马上说："是的，目标并不重要，重要的是过程。"

这正合吾意。于是我们闲聊起来，话题竟是从日剧和韩剧开始。我说我喜欢日剧所特有的那种健康、明朗、阳光透亮的青春气息，以及在任何逆境中都能表现出来的顽强与奋进精神，相比之下，韩剧就有点拖泥带水了。不过那个头发遮了半边脸，明眸皓齿如密林中的清水潭那样闪闪发亮的"小明哥"安在旭，还真是很迷人。

共识是在瞬间达成的，于是争相夸起了江口洋介、木村拓哉、竹野内丰、酒井法子……突然他说他最喜欢的青春偶像还是山口百惠。

百惠也是我所爱。她十九岁隐退的时候我正在鲁迅文学院的前身文学讲习所里当一名乖乖的大龄学生。后来我最好的一位文友称要"娶她"，并说只有娶了她才能让她体会到什么是中国男人的温柔，三浦友和算什么！不知是不是为了忠于我的朋友，我对着无辜的小谢嚷起来：“山口百惠是上一代的偶像了，你那么小，迷她做什么?”

“我要是结婚，就娶山口百惠那样的女孩子!”那么坚定，让我怀疑他会跟我的文友决斗。我叹口气把我的文友“卖”了：“好吧，山口百惠归你了。我猜，你是O型血吧?”

“你怎么知道?”他是那么惊讶。

“我跟O型血的人有缘。”我信口胡诌。

“没错，我就是O型血。”他的口气里充满了自豪，“我的星座是天秤座，典型的天秤座人，追求完美，外表平和，内心充满战争……”

真好笑，当一个人的内心被沉痛的战争风云笼罩时，他会说出来吗，就像我当年那样?

我朝前望去，看见石阶铺就的山路在层层峰峦间逶迤而上，不知离那个“猴子观海”还有多远，也不知现在到了什么地方。低下头去，有浓浓的绿，在柔雾里流淌，也有清浅的水，在幽涧中跌落。是深秋，却没有寒意，一片一片的竹林，纤秀而挺拔，疏疏地摇曳出一派清雅的情致。偶见红叶，那鲜艳如花的颜色让人怀疑它竟是秋霞染成!深深呼吸，吸进肺腑的是“芳草才芽，梨花未雨”的早春气息。

青春真好，年轻真好!

忽然抬头，却见路边有许多锁——密密麻麻的黄铜锁，挂满了铁栏杆。不知有多少人赞美过黄山的雄奇秀美，而我只想赞美黄山独具魅力的青春美——没有庙宇在参天的林木中藏着，迫得你去叩头下跪，也不见历代帝王或文人的题词在峥嵘的高崖上立着，逼得你必须去瞻仰。于是，历史的精神重压统统卸去，踩着轻盈的脚步可以全身心拥抱自然的天籁。卖锁人宣称，这些锁是卖给年轻情侣的，买一把可把意中人锁在心中。有点稚拙有点可笑，但比会污染空气并有可能引起火灾的香烛可爱得多。我说："'小谢'，买一把锁把你的山口百惠锁起来吧。"

他摇摇头，站到一侧去打喷嚏。两声"阿嚏"之后，他仍站着不动，屏息敛气，似乎在期待一个重要的时刻。

这是怎么了？我感到莫名其妙。

也许，他的"山口百惠"已成为心底的一个痛，所以就以这样古怪的姿态，来回避我的话题吧？

当最后一声"阿嚏"惊天动地地喷落而出时，他终于心满意足地转过身来，与我一起上路了："我打喷嚏，总是打三声。"

"为什么？"我问。

"如果她们打喷嚏，也是打三声。"他认真地解释。

我注意到他使用的人称是个复数，这又包含了一个什么悬念呢？

他取出皮夹子打开来，让我看夹在里面的一张照片。照片里他坐在地上，左侧是一个女孩，短发，大大的眼睛；右侧也是一个女孩，长发披肩。

“girl friend?”

“是的!”

“哪一个?”我不知自己问得是否有点老土，所以颇感心虚，眼巴巴瞪着他。待他答出“两个都是”时，我又失望了。这两个女孩，都是淳朴极了的样子，浅黑的肤色像浸透了阳光，笑容也如阳光那样灿烂，但是没有一丝山口百惠的风采。

“如果现在让她们打开自己的皮夹子，你保证能看见一模一样的这张照片。”他得意洋洋地说。为了尊重他的选择，我不敢流露自己的失望，但又觉得，同时和两个女孩……总是不太好。唉，也许我是真的老了，看不懂现在的年轻人了!

“我这个人脾气很倔，看一个人，如果第一眼看上去舒服，就想尽办法也要接近她；如果第一眼不舒服，以后再也不愿相处了。”他兴致勃勃地说。

“这两个女孩都是第一眼就让你舒服的吗?”我小心地问。

他没有回答我的问题，却在路边坐了下来，手里拿着照片喃喃自语：“在中学的六年里，她们是我的全部。我以后再也找不到这样的感情了，连父母也不会理解。”

他突然变得伤感，眼底有一种湿润的温情在溢出。

我不敢再打扰这个大男孩。也许，命运在向他发起进攻，在某个瞬间，某种感悟如灵光一闪，生命就蜕变了，成长了，一下子就告别青涩，步入了甜美的季节。

我也在发凉的石阶上坐下，默默地，看云海中林立的群山，层层叠叠，云中的山应是最美的；如果没有云，山将一览无余，因为裸露而少了诱人的神秘感；而云从天外飘来，以柔软的手指蒙住了山的眼睛，以变幻的姿态迷惑着山那颗坚硬的心；山被隐匿了，被消溶了，那么安然静默和心甘情愿；可是突然间，山被优雅舞蹈着的云隆重推出，如墨如画，如歌如诉，甚至会像——戴在宇宙王冠上的一颗绿宝石……

“比友谊多吗？”我没头没脑地问。

“是的。”他马上领会了。

“比爱情少？”我又问。

“是的。”依然很干脆。

“比亲情……”我犹豫着。

“这是亲情所不能代替的。”他突然激动了，“或者，比亲情更深刻。”

我不再吭声，静静地听一个年轻的声音在耳边诉说，缥缥缈缈的云雾就在石阶下面的山腰里游移，这真是妙不可言的感觉。如果对面的山上有人看我们，也是云雾缭绕的山，也是迷迷蒙蒙的梦，关于爱情，关于友谊，关于遥远的青春的记忆……我来了兴致，继续追问下去。

他说短发的女孩子是“老大”，一副侠义心肠，他喜欢叫她“大侠”。刚进中学时他显得比别的孩子小，“老大”会在别人欺负他的时候挺身而出为他去打架。

长发的女孩子是“老小”，娇气而多愁善感。父亲的再婚使她童年的生活早早就有了忧愁，也脆弱地想过要去死。细心的他总是及时出现在她的面前，以孩子式的机智和幽默将她心头的阴影化解成一团暖暖的阳光。

他是老二。他说他们不求有福同享，但求有难同当。

所以，如果天下雨了，只有一人带伞，那么，这个人绝对很自觉地放弃那把伞，三个人一起淋着雨回去。

一次淋雨的结果是他病了，老大和老小相继来看他。老小带来书和他喜欢的卡通，老大端来的却是鸡汤。鸡汤是老大的母亲烧的。老大有一个平常但温馨的家。他羡慕那个家的氛围，父母和子女可以在一起疯玩，可以入迷地打游戏机。

老小的浪漫天性和对文学的向往，使她不屑于计算跟钱有关的事。不计算的后果是本来不多的钱一下子就没有了。为此，每次外出游玩，他们就把钱集中起来，由老大掌管。看上要买的东西，他去挑选，老大付钱，老三连选择权也没有。但是老三无怨言，平常忧郁得像诗一样的眼神，这时才流出快乐，小鸟依人般地把自己交给老大和老二。

这个让他放心不下的老小，中学毕业后，没有机会读大学，干起了卖饮料的营生；老大也只好去当了一名裁缝。唯有他，像一片云，飘离了故乡的天空。

今年春节他回家，在那个大别山脚下的小小县城里，三个人手挽着手在街上走，一面走一面唱，从天黑走到了天亮。

“等我有了能力，我一定要带她们出去。”最后他这样说。声音里竟有了一点哽咽的味道。学业未竟的他，也许还不能预料到，人生有时会像风中的云一样不能自已。但我依然被深深地感动了，为他的自信，为他的年轻，为这份只有年轻人才有的纯真情感。即使生命如云，我们也要借来春风，借来阳光，借来哪怕转瞬即逝的雨后彩虹，在蓝色的天空里舒展出美轮美奂的爱的舞姿。

“老大说，如果我想她们的时候，就对着天上飘过的云，大喊三声大侠——”他抬起头，甩掉落在额前的长发，黑眼睛里闪着别样的光芒，“我现在就非常非常想她们……”

“那你为什么不喊呢？”我怂恿。

他笑了，很犹豫羞涩的样子。

“没事的，我和你一起喊。”与这样的青春少年在一起，我似乎重新拾回了曾经失落的青春。

我轻松地站起来，向着茫茫云天发出了自己的呼唤。愿望是热切的，梦想是绚丽的。好像是在回应，远处传来钟声。这白昼的钟声，告诉我们宇宙间没有永恒，但有造化的浩荡和生命的灿烂。让我们喊起来，让爱的理想和渴望，像钟声和飘舞的白云一样悠扬。

关于青蛙的寓言

金秋时节的黄山是迷人的。

随着缆车的缓缓移动，湖泊一样缈远洁净的云雾间突然露出峥嵘的山，似一幅立体的水墨画，静谧地与我们对峙，不以一缆车大惊小怪的呼声为意。我低下头去，看见了下面一片丰厚沉着的绿，波澜壮阔地起伏着。我戴上近视眼镜，能分辨出山中的松柏和翠竹，发现这里的竹子变细了。

确实，过了长江以后，漫山的竹林不似在江北那样有着咄咄逼人的茁壮，却因纤细而显得清秀，但依然顽强坚韧地点缀着平原和山川。有竹林生长的山是真实的山，鲜活的山。从吊在半空中的缆车上下来，以双脚亲近这真实而鲜活的山，一步一步向那云遮雾绕中的峰顶攀登。意境是美的——仿佛要伸手去摘那湖上漂浮的墨色莲花，但是身子却很累，累得上气不接下气。

走过一个转角处，看见王蒙正和几位作家站在那儿，讲故事解乏。我也乐得凑过去听，乘机休息一会儿。

王蒙讲道：在一个池塘里，住着一群青蛙。很久以来，青蛙们生活得逍遥自在。每只青蛙都可以发出自己的叫声——有时在早上叫，有时在晚上叫，有时快乐地叫，有时悲哀地叫，有时彼此友好地叫，有时相互挖苦或幽默一下，都是可以的。突然有一天，青蛙中最聪明的一只说，我们这样的生活太乱了，一点秩序也没有。如果有一个领导来规范我们的行为，我们的叫声就整齐好听了，这样才能成为真正的青蛙王国。

可是，谁当领导呢？池塘里一片鼓噪，每只青蛙的叫声都提到了最高分贝，呱呱呱呱，谁也听不见谁在说什么。事实上也没有必要去听，因为谁也不服谁。

这样的喧闹惊动了住在山那边的、缥缈云雾里的上帝。上帝咳了一声说，你们吵什么呢？上帝的唾沫星子能砸死人，别说青蛙了。众青蛙不敢再吵。最聪明的那只斗胆说，上帝，我们需要一个领导。

你们需要一个领导？哈哈，这还不容易？我给你们派一个就是。世界上就数这件事好办了。上帝把一根手杖朝池塘里一插，说：瞧见了吗？这就是你们的领导。

天哪，上帝果然派领导来了。从此以后，众青蛙——当然也包括最聪明的那一只，全部服服帖帖地向手杖顶礼膜拜，几时叫，几时跳，几时吃饭，几时睡觉，全都一丝不苟，青蛙池内秩序一片井然。

过了不久，最聪明的青蛙发现了问题：伙计们，这手杖是死的。

众青蛙如梦初醒。为了证实聪明青蛙的话，它们故意围着手杖乱跳乱叫，以种种不敬的语言和举动羞辱手杖。手杖一无反应。于是它们觉得自己受了更大的羞辱：我们堂堂青蛙王国，怎么可以被一根没有生命的手杖来统治？

呱呱，呱呱！每个青蛙的叫声又提到了最高分贝，整个青蛙王国又闹得天翻地覆了。最聪明的青蛙赶紧给上帝打电话。

噢，你们就为这个吵吗？上帝笑了，笑得很深奥。当然，上帝的笑总是很深奥的。

上帝在深奥的笑意中伸手一指，好了，现在你们有一位活生生的领导了——手杖变成了一条蛇。这条蛇每天吃两只青蛙。从此，青蛙池里再也没有谁瞎鼓噪了，即使最聪明的青蛙也发现不了问题了，因为它不知道自己哪天会被吃掉。青蛙王国的秩序就是这样建立起来了——真正的秩序井然，一片井然！

王蒙说到最后一个"一片井然"之时，极富感染力的语调配合着用力向下一挥的手势，实在把我深深吸引住了。一路上我一直视王蒙为"领导"。而我的性格，恰与聪明的青蛙相反，不喜亲近领导，有时看见领导还会惊慌失措，于是干脆绕道而行。记得有一次，早餐后在电梯里与王蒙狭路相逢，四目相对，躲是躲不掉了，至少应该打个招呼。我的脑子飞快地转，叫他什么？王蒙同志？不行，现在已没人这么叫了；王蒙先生？不好，听起来像港台生意人；王部长？俗，何况他已经不当了；王老师？也怪怪的。

还没想好，王蒙先开口了："听说你在安徽插队？"我如释重负，忙说是的。他又问我就在这一带吗？我说不是。电梯到了，我逃之夭夭。

现在看来，大可不必这么紧张。一个如此演绎"领导"的领导，大约是不至于那么可怕的。

有人问王蒙这个故事的出处，他说是克雷洛夫寓言。我读过一部分克雷洛夫寓言，没发现这么精彩的篇章。要么我自己孤陋寡闻，要么——我宁肯相信这是王蒙的寓言。

不管这寓言的版权属于谁，它在我心中的共鸣真是难以言说。记得我最初走上写作道路时那段艰难的日子，遭到了批判和斗争，当然还伴之以具体的组织措施——比如将我从赖以生存和写作的单位集体宿舍的小阁楼里驱逐出来。刚刚踏上生活道路的幼稚的我，那时几乎失去了生的勇气。就在这时，同科室的一位老同事、老作家——他 20 世纪 50 年代当过安徽省文艺处长，60 年代初当过上海一家青年刊物的主编，有丰富的人生阅历、宽广的胸怀和善良的心——对我讲了一段与王蒙的寓言有异曲同工之妙的话，令我茅塞顿开。

他说："小王，我知道你现在压力很大。有几句话我要告诉你，你仔细听着，能帮你渡过这个难关——大凡一个有作为的青年人要获得成功，必须经过三个阶段：第一，别人对你的努力嘲笑和蔑视，说你好高骛远，这山望着那山高。度过这个阶段并不太难，只要自己坚持就行了。但是当你果然取得了一定成绩时，压力就会骤然增加，会有许多可怕的帽子包着嫉妒的唾沫向你飞来：白专道路、名利思想啦，骄傲自满啦等，可能还伴随着具体的行动。这第二阶段是事业道路上的黑暗时期，许多人会过不了这一关。现在你正处在这个关口，能否过去就看你的决心和毅力了。如果你冲过了这一关，取得了成功，那么，这第三关对你今后的道路也至关重要：你一定要说成绩是在领导和同志们的帮助下取得的，千万要谦虚谨慎，不能再提前面受到的压力和打击。"

这位老作家的话的确给了我很大的精神力量，不但让我渡过了这"第二阶段"的难关，而且在我今后的人生道路上，也受益匪浅。我常常回想起这段往事，除了对这位已经作古的老作家满怀感激和崇敬之情外，有时甚至还有点沾沾自喜，觉得不是每个处在我当时情况下的年轻人都能悟透这个"人生哲理"的。然而，听过王蒙讲的那个寓言，我迎着扑面而来的山风，忽然汗颜起来：原来自己也处在寓言中那个青蛙王国里，只不过是逃避了被蛇先吃掉的命运而已！也不知道这些青蛙，要植入一个什么样的基因，才能真正过上自由幸福的生活？

游天柱山小记

据说早在公元前八世纪，地处皖地的天柱山已经有了自己美丽的名字：皖山。到了公元前 106 年，汉武帝刘彻将其封为“南岳”，还举行了封禅大典。尽管后来真正的南岳——人们似乎是认同了湖南的衡山，但这里留下的旗驾桥、拜岳台，以及 400 多幅历代石刻，都无言地诉说着曾经拥有过的辉煌，以及它不甘淹没的岁月。名山都是被悠久的历史和文明打造出来的，当然，其中还有宗教。天柱山有历代皇帝赐封过的三祖寺、天柱寺、佛光寺……世界真是美好，可饱眼福的秀色无穷无尽。据说在渡仙桥上观云海，脚下一片无尽的温柔；而遥望天柱佛光，更会令人有天国般的神往。白乐天有诗云：“天柱一峰擎日月，洞门千仞锁云雷”。天柱山真是处处有胜景，就算来不及去看大乔小乔梳妆的胭脂井，《孔雀东南飞》里焦、刘的合葬墓，但天柱峰总要登一登、神秘谷也得探一探的。

我是一向爱水怕山的，每次登山，总是累得气喘吁吁，这次更甚。出发时还跟着大队人马，还远远望着他们的背影，走到一半就不行了，嗓子渴得要冒烟，正好路边有一小店，就进去买矿泉水。这时山西作家李天芳也进来了，她也喊渴，也想喝水。但她不喝凉的要喝热水。山上已寒气袭人，我们都衣着单薄，坐定下来喝杯热水应该是很享受的。于是我也放弃矿泉水，捧起了天芳买的热开水。水烫，喝不快，就坐在板凳上慢慢吹，慢慢喝。外面的山路上，一团团雾正漫过来，像有灵性的动物一样游动着，变幻着，不一会就什么也看不见了，连森森古木、遥遥群峰都不见了。我们觉得开心，哈，这才叫观景呢，舒舒服服坐着才有情趣，累得半死还能看什么风景？

正在得意之时我发现石阶是湿的，不是一般的湿润，而是像浸在了水中；再一看，云雾已变成了雨，淅淅沥沥下了起来。

要向前，就得冒雨。可是我们嘀咕了一番，天柱山之后还有九华山，九华山之后还有黄山，倘若因冒雨而得了感冒，影响了后面行程就太划不来了，可就此打道回府，也不甘心。于是就向店主买了那种比纸还单薄脆弱的一次性雨衣；可待一人一件套起上路时，云雾又飘走了，雨也没了，而我们的人也一个都不见了。

天柱山不比黄山，每条进山的路上都挤满了旅游人，像赶集一样。这里说没人就没人了。山色空濛之中只剩我们两个，有些紧张也有些兴奋，于是决定继续向前。

犹豫是将抵神秘谷时产生的。那么突然地，陡峭的石壁挡在了眼前，原先的石阶到此断了。仔细搜寻，右侧有一座铁梯，架在九十度的崖壁上；左侧的石头上有人工凿出来的印痕，似乎可供攀援。两侧都很险，我真担心上去了下不来。更重要的是四周渺无人迹，如果走错了路，或者摔下来，可就不好玩了。

天芳是山西省作协副主席，具有亲切的大姐风度。我问她："怎么办？"

她却问："你说呢？"

我说我不知道。她说你上去我就上去，你不上去我也不上去。

我觉得这话似乎应该是我说的。以前我与文友们出去旅游，总是听别人指挥，跟别人走的。

讨论了半天没结论。其实险还在其次，我想我虽然常会摔跤，但都摔在平地，越是险的地方越留神，也许就没事。要命的是没人，我们两人孤独地面对大山。

小心翼翼地从铁梯爬上去看了看，上面除了石头还是石头，不见有路的痕迹，下来时，我的腿肚子直发抖。

前进还是后退，似乎已不是问题，因为我们要选择后者了。

就在这时，上面有隐约的人声传来，抬头一望，心里一阵狂喜：天，上面有人，花白的头发，还是老者！

想想我们的头发还是黑黑的，实在不该输给他们。于是决定上去，我们谨慎地在乱石中找路，前面渐渐地豁然开朗起来，不远处的石壁上出现了“逍遥宫”三个大字。

有字的地方必是一景，看来我们没错。我背靠“逍遥宫”坐下，放眼望去，只有灰灰的石头，大的小的长的方的，并不嶙峋，显得圆润而湿滑，上面布满了青苔，衬着灰暗的天空，根本就是一个世外。而云在身边缭绕，飘过来又飘过去，我更有了一种仙风道骨的感觉。好像神话中的仙人就是住在这种地方的。但我还是俗人，多待一会就觉得寒森恐怖，好像有一种要变成石头定格在这里的危险，就赶紧嚷嚷着要拍照，以此来表现自己是活生生的人。可天芳说云雾浓重，拍出来也是白茫茫一片，效果不会好的。

效果不好也得拍。于是，我的影像就模模糊糊定格在一堆石头上了。

当乱石中的小路把我们引进一个个洞穴时，真正的恐惧才开始。洞内漆黑一片，却是迂回曲折，不知下一步会把自己引向何方，也不知道回头的路能否找到。好在天芳在我后面，不安中有了一份踏实感。也许对天芳来说，我的存在亦是她安全的保证。

我们两人相伴着在黑暗中摸索前行，不小心就会碰着脑袋。我们大呼小叫，声音的意义不只在于彼此提醒，更是企图驱逐黑暗和内心的恐惧，在这无“人”之洞宣告人的存在。每当一线光从前方漏下时，便有一种重见天日的欣喜自心头逸出。

但洞穴一个接一个，以为到头了，哪知又进了另一个洞穴，而且前面的更幽更狭小，甚至只能跪下爬行。一寸一寸往前爬，时间一分一秒地膨胀，在永无出头之时的感觉中，自己仿佛变成了房龙笔下的爬行者，在历史的无知山谷里爬啊爬，一代一代，前赴后继，不屈不挠；想想，人类就是这样在黑暗中爬了几千年，上万年，向往着爬出黑暗，迎接光明……

我又想，死在黑暗洞穴里的人，最后的愿望一定是：让我出去，让大地飞扬的尘土弄脏我的身体，我只要看一眼蔚蓝的天，让光明亲吻我的眼目！此刻，我们正与这样的人处境相似。我们检点食品，我说天芳，我有两块薄荷糖，一小包牛肉干——不是大袋，而是大袋里的小包装，仅够塞牙缝的那种。天芳说，她还有半块吃剩的巧克力。一时间，我们有了一种抗战到底的架势。我说真后悔刚才在小店里退了那瓶矿泉水，就是不喝背上能有多重？现在如果出不去，没准那瓶水能救我们一命。我忽然想到，人是得傻一点，傻傻吃傻傻行，到头来，能让你得救的，可能正是你看似处处吃亏的傻气。我又想，但愿困境中的这个感悟不要随着生命中阳光鲜花的出现而消失。

想着爬着，我们终于爬出来了。宝贵的牛肉干、薄荷糖和巧克力分而食之，好像不吃白不吃；不好意思的是，艰难的途中邂逅的陌生旅人曾递给我们一个橘子，我们也分而食之了。

这时我们站在一小块平台上，雨湿的空气清新极了，松树郁郁葱葱。回望神秘谷，它不再神秘也不再可怖了。但我还是要说，天柱山，最有意思的地方是神秘谷；如果你进神秘谷，不要跟导游，也不要呼朋唤友一大群，当然，形单影只也不好，最佳拍档是不多不少两个人，如我和天芳这样，进去时是君子之交，出来时就成生死之交了。

如果一男一女呢，或许更妙，我就不可得知了。

九华山寻佛

深秋时节，笔会的一批文友相约去游九华山。九华山是佛教圣地。去之前，我是下定了决心不让自己的膝盖打弯的，因为临行前我摔了一跤，膝部有伤。但若真的要跪，当然还是可以的，只是，跪在佛前求什么？

一般来说，在佛前磕头跪拜的，大多不是为了天下苍生，是为了自己——求健康，求发财，求升学升官，求事业有成等。

更有贪赃枉法发了横财的，求自己的丑行不败露。如果佛能保佑，甩出一沓票子为菩萨塑个金身大概是没问题的。

然而佛教是教人行善的。如果我们芸芸众生都只为自己的私欲磕头求这求那，佛如何招架得住！

传说九华山的佛“照远不照近”。也就是说对远方的来客很照应，求什么灵验得很，而对于附近的人则不怎么关照。

看看，问题不是已露端倪了吗？远来的人，磕一次头就回去了，下回再来，猴年马月的事了。而住得近的呢，随时都可以去磕头。将心比心，我若是佛，定会大喝一声：“别理我，烦死了！”因此，我想，如果真的信佛，真想成佛，捐一笔钱给希望工程什么的，比在佛前磕破脑壳要有意义得多。

26日上午我们离开潜山县的天柱山，前往九华山。几天来，挺立在江北原野上的白杨树，那粗犷中透着苍凉的层层绿意，已成为我们旅途上一道不变的风景。可是车过长江，这些伟岸的北方汉子好像约好了似的，说不见就不见，很讲义气地全无踪影了。道路两侧取而代之的是南方的梧桐树，则更加丰盈茂盛，微雨中那种略显湿沉的黄绿，给旅途中的人带来的是清新、愉悦，还有柔情——那是只在人生春天才有的绵绵情意。

更令我赞叹的是梧桐树那绿色中闪现的黄，有时是惊鸿一瞥，有时同样的连绵不断、声势夺人，通体透明、黄得灿烂。这是蜜的颜色，太阳的颜色，真正秋天的颜色。

我想，生命的四季都是美丽而充实的，人们无需接受一些空虚的说教。

入住东崖宾馆，推开窗子，只见云雾如精灵，飘飘拂拂挤进来，于是人立即被凉凉的湿意包围，那份缠绵倒像是达到了“天人合一”的境界。

在这样的境界中上山，走近寺庙，人们都说有一种出世的神秘感。而我对寺庙没感觉。在我看来所有的寺庙都大同小异，规模大的，佛像塑得高大辉煌一些，菩萨的品类也多而齐全一些：过去现在未来，风调雨顺加上金刚罗汉，还有一千只手上生满一千只眼睛的观世音，等等；而规模小的呢，就简化些，如此而已。人就这样把偶像塑得比自己几倍乃至几十倍的高大，反过来映衬自己的渺小，再去顶礼膜拜，真是让人费解！因此我宁可在云雾中漫步，宁可沿着山间小径去寻找我的情趣……

但是在九华山上，每个胜景都与佛教有关，不去拜佛是不行的。下午就去看了拜经台，看了地藏王菩萨在拜经时留下的脚印，还把法师送的一尊开光小佛像，当宝贝一样藏起来了。晚上散步，也仍是跟着大家在寺庙里转。吃了一肚子肉的我在庙堂里流连，心里有微微的不安。这时，内蒙古作家冯岑植走在我旁边，悄悄对我说："竹林，不管别人怎么看，自己想怎么生活就怎么生活。"

没错，这话接近真理。我相信，冯兄的肚子里除了肉还有酒。酒后的冯岑植喋喋不休，很真挚也很可爱。我对他的话表示赞同，可他意犹未尽："不要管别人怎么看，快去——"

我有点听不懂了。他又说："老大哥给你作掩护"。

这才茅塞顿开，原来他怕我想磕头又不好意思，所以一再地鼓励我。

好像是为了给我作表率，他以一种身先士卒般的决断一步上前，双手合十两眼微闭，在一尊佛像前礼拜，脸上的神情显得肃穆安详，很令人感动。

其实又何须他“掩护”，眼前礼拜敬佛的人络绎不绝，倒是直挺挺地站着的人，才显得有点不协调。

如果佛已经习惯了大家向他行礼，那么，我不行礼是不是失礼了？

其实磕个头也没啥，也就是一种礼节罢了。古人见面作揖，今人见面握手，西方人拥抱，中东人碰鼻子……而佛门的规矩就是磕头。既进佛门，还是尊重佛门的规矩，磕个头吧！

出行前所下的决心，在五分钟内土崩瓦解。

跪开了头，就一发而不可收。建于唐朝的月身宝殿盛名远扬，从九十九级台阶上去，累得气喘吁吁。这里有只供瞻仰偶像却不能真看的唐朝时圆寂的金乔觉肉身。对于金乔觉化成的地藏王菩萨，当然是要拜一拜的了。这里还有 1995 年发现的慈明和尚的肉身。据说慈明和尚原先并不十分有名，只在寺中打杂，圆寂时坐于缸内，三年零六个月后，肉身仍栩栩如生，连胡须都在长。但我们现在看见的慈明和尚，遍体涂满了金箔，看上去十分辉煌，若非导游指点，想不到这是真人的肉身了。终究感到奇妙，必须也要拜一拜了。

两天下来，我已记不清在九华山磕了多少个头。

从不下跪的作家其实还是有的，比如邓刚。这位以“迷人的海”著名于文坛，并被誉为海明威式的硬汉子，不知是否看到了我磕头——反正他说话时我在一旁——他说不管怎样显赫的名流，在这里下跪的都是弱者，都是内心空虚的表现。

我只好傻笑。他又指指我挂在胸前的开过光的小佛像：“就这，能保佑你吗？”

当然不能。明知不能还要戴着，当做宝贝一样不离不弃，这是不是人类的心理怪圈？我不知道。但是，我相信，我们真正难以面对的，并不是供奉在庙里的佛，而是自己的内心。

本来，这几年我多少接触了一些佛教团体，也读了不少佛教书籍，我已经知道真正的佛教与迷信无缘，佛教是一种智慧的信仰。佛教所说的道理，涉及了哲学、心理学、社会学、伦理学，甚至宇宙学等深刻的学问。如果我们能明白这一切，能真正体会佛陀悲天悯人的情怀和济世救人的愿行，那么，当我们礼拜佛的时候，就不会将个人的欲望带到佛前来了。

主持台湾佛教慈济基金会，建立了世界第三、亚洲第一骨髓捐赠中心的证严法师，在佛陀前的三个愿望就很令我深思：

一不祈求事事如意，只求有充分的勇气和毅力。

二不祈求身体健康，只求智慧明敏，精神充足、爱心永具。

三不希望减轻负担，只求有更大的力量肩负更大的责任。

这三个愿望显然是为了——包括劳苦大众在内的天下苍生。1997年，我应慈济医学院邀请来到花莲并下榻在慈济精舍时，对慈济这个宗教组织充满好奇。因为我所看到的只是现代化的医学院、医院、护士专科学校，还有到医院里来无偿为病人服务的志愿者，以及随处可见的宣传捐血、捐髓、捐遗体的文字……但是我没看见庙，也没看见点燃的香烛和供奉的佛像。

我问接待我的旻师父："庙在哪里？"

她笑吟吟地说："佛在心中。"

见我一脸愕然，猜不透她的玄机，沉吟片刻后她又道："师父说，佛前的灯不必刻意去点，只要常把心中的灯点亮。"

我明白"师父"指的是证严法师。我又说："但是，总有一座庙，有一尊佛，总有一个念经的地方吧？"

"是有一座庙，"她点头，"可是，那是一个很小的地方。"

旻师父拗不过我，带我去了那个"很小的地方"。当时天下着大雨，我俩合撑一把伞，来到了一幢淡白色的小房子跟前。门未开，我隔窗望进去，看到了一尊通体洁白透明的观音菩萨像，也是小小的，看上去朴素、清雅。

我不甘心，还在这里拍了一张照片。也许雨太大了，照片洗出来白迷迷一片，连“小房子”的背景也看不见，倒像是在云雾中。

从此以后，我对佛教的认识有了很大的变化。慈济证严法师的印象也在我心中定格。最近我还写了一本关于证严法师的书，告诉人们在当今物欲横流的世界里，美丽、优雅的证严法师怎样在人间一颗一颗播下善的种子，将出世的宗教光大为入世的爱心……

听说九华山的住持也捐助过希望工程、建过希望小学，我不由得对他产生了崇敬之心。如果在这样的佛教圣地，另设一些“爱心箱”，指明是为了救济贫困地区，为了救济灾民，为了帮助病人和失学儿童，等等，并且专款专用，专人管理，那么，也许就能更浅显而明白地向人启示“慈悲喜舍”、“普度众生”的佛教精神。

可惜哪儿也没有这样的“爱心箱”，而每每下跪以后，抬起头来立即进入视线的，都是为了修建庙宇而设的“功德箱”。那些印制精良的宣传图片上所公布的募款银行账号，也是为了建庙宇。这使我无法不萌生一念：难怪菩萨的像越修越大，金身塑得辉煌，原来它们也利用手中的权力——或者说是在人们精神上的权威——为自己牟私利搞腐败！

当然，如果庙里的住持能感应我的心声，他们一定会抗议："罪过罪过！我佛是世上至大至尊；为佛修造庙宇、塑金身历来是人间最大的功德，怎能容你如此亵渎？"

但我仍要大声疾呼。我盼望高科技的时光机器能载我回到数千年前，让妙相庄严的佛祖释迦牟尼来裁决这场官司。我要说，尊敬的佛祖啊，当你是一个王子的时候，你抛弃了无量的财富，无数的子民，千娇百媚的女人，还有那即将得到的象征着至高无上的威严和权力的王冠……你走向苦难的人间，苦行苦修创立了佛教，难道你不是为了告诉我们"众生平等"、不是为了"拔众生苦，与众生同乐"，倒是为了给自己树权威、塑金身吗？

我相信佛祖定会大声呵斥："不，你们这些不肖之徒，亵渎了我的教义！"

遗憾的是，几千年来，佛祖的教义就是这样被"亵渎"着——强大的社会惯性像难以逾越的厚重的墙，阻挡着人们的心灵去接近佛教精神的本义。因为集权者希望自己像菩萨一样至大至尊，让芸芸众生的膝盖不仅向菩萨的莲花座弯曲，也向他的宝座弯曲。

然而，历史毕竟已迈进了 21 世纪。我们对佛教的理解，确实也应该抛弃一些荒谬的思维，换一个新的角度了。那天，在大悲殿，有位法师操着浓浓的安徽口音，向我们一行作家介绍说："佛教讲的就是精神文明。"众人不禁莞尔。而我则想，如果我们仔细想想这位法师的话，那么，当所有信佛和不信佛的人向菩萨弯下自己的身躯，当我们的手心向下伸向功德箱的时候，我们一定会有新的顿悟——爱人、尊重人、帮助人，让自己的心明净透亮起来。这才是人生的真谛。

云在青天水在瓶

在九华山攀登那通往月身殿的九十九级台阶时，浓极了的云雾像融化了的冰块一样包围着我们，使每个人从头到脚都湿了。朦胧中见树见亭，却美若仙境。台阶是汉白玉的，一侧还有龙的浮雕。一步步踩上去，所费的力气，跟石头台阶没什么两样。只是再累也得爬，因为这是礼佛，越累越能表示对佛的虔诚。

一行人在呼呼喘息着往上爬，张贤亮却坐着轿子优哉游哉地上来了。我们忙不迭让路，连走在最前面的王蒙也侧身让开。

张贤亮十分得意地在轿中说："看吧，这就是坐轿子的好处，连部长也不得不让路。"

真羡慕他的悠闲，但我们不能表现出来，就说，张贤亮对佛不虔诚，去拜佛还要坐轿子！

张贤亮不骄不躁，一副悠然自得的姿态："虔诚是在心里、在行动上，而不是光嘴上说。"

"嘻，坐轿子就是'行动'吗？"

“这你们就不懂了，渴了喝水，饿了吃饭，累了坐轿子，一切顺其自然，是佛理的最高境界。我年轻时也爬山，爬得够多了，现在过了六十岁，爬不动了，勉强自己就不好了……”

他高高在上地过去了，好像我等奋力攀登倒是有悖佛理，真是气死人！

“现在我就是佛，佛就是我，哈哈！”一串朗朗的笑声穿透那凝重的水雾，有如真理般让人振聋发聩。

来自南京的作家储福金说：“张贤亮的话有道理。许多人只晓得对着偶像拜，那是最低层次。张贤亮显然已经超越这个层次，点出了佛在我心中的道理。”

我望着全身都笼在雾里的储福金，突然想起了禅师马祖道一的一个故事。

马祖道一看见无数佛门信徒聚在庙里跪拜，又是诵经又是杀牛宰羊地供奉，却一肚子尔虞我诈、争名夺利、又贪又占的丑态，他实在气坏了，“呸”的一声，将一口唾沫啐到了佛像身上。他的侍者见了，不由得大惊失色，连忙上去擦干净，并说：“师父，您怎么可以向佛像吐唾沫？”马祖道一不理不睬，不停地咳嗽，然后说：“我还要吐呢，可是空虚中布满了佛的法身，你让我往哪儿吐？”侍者一愣，终于想通这泥胚的偶像，并不能代表佛。

既然马祖道一可以啐偶像，张贤亮坐轿子去“视察”偶像又何妨？

我就与储福金交流起来，谈得很投机便忘了攀登之苦。于是我又想到了一则关于禅的故事。唐代的名士李翱向惟俨禅师请教什么是道。惟俨一言不发，只是伸出一只手朝上指指，又朝下指指。李翱不懂这哑谜。禅师只好开口："云在天，水在瓶。"

难怪聪明的李翱也猜不透玄机。云本来就在天上，水也只能盛在瓶子之类的容器里。这就像人饿了吃饭，渴了喝水一样，实在太简单了，简单到说和不说似乎没有什么区别。但是，明白与不明白，却大相径庭。

"云在青天水在瓶"，给我们的启示是，人应该安于自己的本分，尽自己的本性。而本性既是人的自然属性，也是佛性，人皆有之。

"人之初，性本善。"人的初始本性犹如一颗晶莹洁白的明珠，但在社会的大染缸里，渐渐地，这颗明珠被浸泡得污迹斑斑。特别是那种覆盖了纯净本性的贪欲，更使人不安分。于是历史上就有了那么多血流成河的战争。我们都知道，在伊拉克，战火在大海里留下的污染三百年也不能消除干净。三百年啊！我们小时候读的一则童话中说，"海的女儿"小人鱼，在三百年的时间内努力行善，就能得到一个不灭的人的灵魂。

人啊人！小人鱼现在还愿浮出海面吗？

世纪瘟疫艾滋病，还有 SARS，H1N1 等等，也是自然对人类贪欲的惩罚。但人并不思悔改。由于利益的驱使，人把枪口对准珍稀动物；人将斧头镰头挥向绿色植物；人肆意污染着自己赖以生存的土地、河流和天空。现在天空中有雾霾、有沙尘暴，地下有污水、毒水。如果有一天，我们抬起头来，只见雾霾遮空、黄沙蔽日，再也看不见“云开日出、云在青天”的景象；而水，地球上最后一滴水也只是我们的泪水了——到那时再讲“云在青天水在瓶”，就会变成痴人说梦了。

回归我们的自然本性，开启人人心中的佛性，让世界和人心变得清洁，这才是人需要礼佛的原因。

漫步北海

接到中国作协要我参加作家参访团去广西深入生活的通知时，颇感犹豫。因为我为补充一部长篇小说的素材刚去过云南，但中国作协的谢真子大姐一再来电热情相邀，并阐述此行的“重大意义”，我终于下了决心。

行程的第一站便是北海。

五月的北海市已进入盛夏。随处可见的古榕树，繁枝密叶似穹苍，严严实实地覆盖着一条街！片片硕叶组成的墙——却透着风、透着亮、透着满目晶莹的绿。人走在其中，似鱼在水底游，不但旅途的疲劳顿失，一路的咽痛也不再有，想不出这是什么奇迹。带队的团长陈建功得意地解释：“因为海边的城市，空气里承载了太多的负氧离子！”

他一条街一条街地领我们走，一幢房一幢房地指给我们看，像一个矿主急于展示他那深藏着的富矿。我们既惊讶又好奇，听他说北海最洁白美丽的珍珠，最绵软晶莹的海滩，最纯净的没有污染的水、空气……当然，还有最淳朴、亲切的人。

面对这赏心悦目的一切，我不禁想起了正在现代化道路上飞奔的大上海，以及我们其他正在快速发展的城市乡镇。它们的现代化，都是伴随着像瘟疫一样的环境污染而前进起飞的。空气、水的污染和周围环境的迅速恶化，与 AIDS 一样困扰着都市文明。我不知这样清新美丽的北海能不能逃过这一劫而神清气爽地进入现代化？

怀着惴惴不安的心情，我们来到北海边。在夕阳沉没的瞬间，沐浴着腥咸的海风，只见天空辽阔而辉煌，晚云似火红的长龙，将落日的圆珠含在口中，无比壮丽地横亘于海天之间；霞光如无数纷飞的红玫瑰，洒落在大海激情澎湃的胸膛上。

临海设有大排档，五颜六色的大遮阳伞如花朵般怒放。在这里就座，我最关心的，还是上面的老问题。还好，端上来的菜肴，都是新鲜、生猛的。我的同行朋友们：来自河南的《莽原》主编张宇，漂亮的满族“格格”赵玫，具有大家风范的毕淑敏……无不在鲜虾活鱼面前露出了最具现实主义的快乐的微笑。

然而，我的一个怪癖使这种气氛有些尴尬——我自幼不吃海鲜。从童年时代到现在，“海的女儿”——安徒生童话里的小人鱼——那个能忍着利刃切割痛苦而以优雅的舞姿献给王子的哑女小人鱼，一直被我所爱。这爱的痴迷使我拒绝将一切来自海里的活物放进口中去咀嚼。为此，在公众场合，我不得不找各种借口托辞不吃海鲜。这怪癖不能不引来诸位文友的关心。我惶恐让大家扫兴，又窘迫地不愿破戒。最后还是陈团长的一句话解了围："你们不必对她太关注，太关注了反而不自在!"

我松了口气，觉得海边的城市真好，认识一批新朋友真好。宽松与距离使人自由地呼吸。这是一份多么可贵的美丽！我的心里快乐极了。

也许因为人类的确是从大海里出来的，所以人对海永远怀有一种难言的情愫：比如不能割舍的亲近与迷恋，难以抗拒的敬畏与恐惧……这天晚上，在欢乐的北海之滨，音乐喷泉在灯光下如精灵般跳着令人炫目的舞蹈。我悄悄走近大海，仅数十步之遥，海在这里便弃绝了一切明媚和色彩。天空是黑的。无边无际的黑暗之中海浪挟着洁白的泡沫，一排排向岸边扑来，单调的吼声震耳欲聋。这是大海的心跳，地球永远的喧哗。我感到海浪像清凉而柔软的唇，那么温柔又那么猛烈地一遍一遍舔吮我的脚踝、我的小腿，甚至我的膝盖和大腿。我一点点挽起连衣裙，小心不让浪花打湿。然而我越往前走，就越发不管不顾，只觉得那海的深邃与神秘已填满了我心。我只有一个欲望，那就是张开双臂，扑进海的怀抱，在没有星月照射的黑缎子一样的大海里，游一个来回。

就在这时，听见有人叫我。我扭头望去，见是北京女作家毕淑敏。淑敏是我最喜爱的女作家之一。她曾对我说过她在西藏阿里当兵时，见到过那种仿佛地球刚刚形成、生命刚创造时的景象。这句话让我震撼，也使我对她的作品有了新的认识和理解。旅途中总见她静若处子，可这一刻也如顽童般赤脚奔向大海。

我对她说我真想游泳，可惜没有泳衣。她说没关系，天这么黑，谁也看不见的，你先去游，我给你拿着衣服。

我想了又想，终于没有这份裸泳的勇气。看来有着两条呆笨的腿作为支撑的人类，终究与来自海底的小人鱼不同。我的犹豫似乎也打消了她畅游的念头。我们只是静静地站着，感受着海的辽阔、海的空旷、海的宁静，以及海的无比激越和悠远、深邃与透彻……

我不由得想，在生活里，自己能否成为安徒生笔下的那条小人鱼呢？

沧海桑田话“虎丘”

宋朝大文学家苏东坡曾说：“到苏州而不游虎丘，乃是憾事。”确实，古代帝王，上至骄横独夫秦始皇，下至清代的盛世皇帝康熙、乾隆，都游过虎丘；而古代的文人游虎丘留下诗文的，更不计其数。如唐代的白居易、贾岛、刘禹锡，宋代的苏轼、范仲淹、王禹偁、苏舜钦、范成大，元代的张可久，明代的高启、唐伯虎、文征明，清代的洪均等等。更有历代的大书法家王羲之、颜真卿、刘墉等，也留下了墨宝。

那么，虎丘以何种魅力几千年来吸引了如此多的伟人骚客和游者的兴致呢？怀着强烈的好奇心，我们早早就驱车前往。

车出苏州城西阊门，向西是一条很直的马路，车速就快了起来。熟悉苏州情况的朋友告诉我，从阊门到虎丘，还有一条直通的石板路，叫山塘街，大约有七里路，过去有“七里山塘到虎丘”的说法。这条街，在唐朝以前是条土路，下雨以后泥泞不堪，上虎丘极不方便。为此，当时的苏州刺史白居易下令修筑了一条正式街道，并且疏通了沿街的河道——山塘河，沿河种植了许多杨柳、桃李，河中广种荷花，使上虎丘的游人可以水陆两路而行，既方便又增添了景趣。人们为了纪念白居易的功绩，故将这条街改称为“白公堤”。

我正想象着当年或骑马或坐船沿桃李夹岸的白公堤去虎丘浏览的情景时，汽车已经停在了虎丘的头山门边。刚下车，一阵强劲的寒风就迎面扑来。虽然时序已到清明，今年的倒春寒却特别厉害。头山门桥边的杨柳倒是抽出了绿芽，但那桃树却只瑟缩着花蕾，并未放胆开放。

买过门票，踏上二山门桥，朋友站在桥上说：“这座桥叫‘海涌桥’。原来虎丘也叫‘海涌山’。因为几万年前，这里曾经是东海的一个海湾，虎丘是海湾中的一个小岛。后来，泥沙淤积，这里变成了陆地，虎丘变成了一座小山，但也不过高三十米，方圆二百余亩。由于海涌山的形状像一只头朝南蹲伏的老虎，所以人们又叫它‘虎丘’。”

我们抬头朝前望去，山上林木葱茏，后山矗立着一座高塔，还真像一头老虎呢。耳边呜呜的风声，简直也似虎啸一般。

进了二山门，虽然未见盛开的桃李，却有无数盆栽的茶花夹道列阵；而在路旁山石缝里生长着的迎春花，则顶着寒风开出了嫩黄嫩黄的花朵，终于将春意点缀了起来。就在一丛黄澄澄的迎春花旁，我见到了一股从一个硕大的紫砂壶嘴里汩汩流出来的泉水，旁边的山石上用绿字刻着“憨憨泉”三字。我觉得这个名字有趣，就问正在一旁拔草的老园丁此名有何来历。

老园丁果然说出了一个故事：那是很久很久以前，海涌山上来了个双目失明的孤儿。他靠给山上庙里的和尚背水过日子。因为那时山上没水，背水要到很远的山外边。路远、人小又是瞎子，下山背水实在太辛苦了。但这孩子天天下山去，从不偷懒，因此和尚们都叫他“憨憨”。有一次，憨憨梦见庙里的菩萨告诉他：“山上有泉水，泉水通海底，就在山脚上。”于是，憨憨就天天在山上到处摸呀、找呀，一心想找到泉水。有一天，他终于在山脚旁摸到一丛特别茂盛的青草。他拔去青草，就觉得泥土特别湿润；再用手挖呀挖，就挖出了水。他捧了水喝，觉得甘甜可口；又捧水洗脸，突然眼睛明亮，能看见山上的红花、绿树了。他高兴得跳了起来。从此，这地方就打了口井，这井水就供应山上庙里的和尚们饮用了。因为是憨憨发现的，这井便命名为“憨憨泉”。据说憨憨泉通海，泉水永不枯竭，而且沏起茶来也特别的香甜可口。

过了憨憨泉，再往山上走，路右边有一块椭圆形的大石，长二米，宽一点四米，中间有一条笔直的缝隙，像是被人用刀劈过的。这便是著名的吴王试剑石。

这个典故我知道：这是相传春秋战国时吴王阖闾用吴国铸剑高手干将、莫邪铸的湛卢宝剑，与齐国的使者带来的“属镂剑”比试。他用湛卢剑一剑就劈开了这块巨石。巨石虽被劈开，历经两千余年依然躺在这里，而铸剑者和试剑者，却只是历史的一瞬，而今安在哉？

从试剑石再拾级而上，过唐名妓真娘墓，便见一块巨大无比的磐石，由南向北微微倾斜，大约有两亩地大小。这石平台名叫“千人坐”。竖在边上的讲解牌介绍，晋代高僧竺道生曾在此讲经说法，听者一千多人坐其上，均被生公的说教迷住了。更有甚者，巨石对面的莲花池中一块不到一米见方的石头，也在竺道生讲经时俯仰点头呢！因此，此石便被命名为“点头石”。“生公说法，顽石点头”的典故，就出在这里。据说，生公说法时，成群的乌鸦也会聚集而来，前来听讲。

我们正在石边流连，忽听头顶上呱呱之声一片，抬头一望，真见大群的乌鸦蔽空而来，就在千人坐上盘旋。它们盘旋得久了，间或落到边上的树林里休憩；再看那树林里，一簇簇一丛丛的鸟窝连片成排。看来乌鸦们真是在这里长期安了家的。虽然时间已隔了数千年，高僧竺道生早已不见了踪影，然而乌鸦们竟然如此留恋他的经伦道理，实在令人不可思议。不过，由此倒也可以让人看到，一种说教如果迷住了性灵，可以使万众为之颠狂。这种事情，不光在当代，在中国历史上，实在也是古已有之的。

过了千人石再往北，便有一片石壁迎风耸立。石壁上镌刻着“虎丘剑池”四个红色大字。石壁边上，有一圆洞门，进门便见一池清水。池水南宽北窄，长约三十多米，像柄真正的宝剑。水面在阳光的照耀下闪闪发亮，好像是宝剑发出的阵阵寒光。这就是闻名中外的“剑池”！

剑池的东西两边，悬崖壁立，藤萝攀空，使池水显得深邃幽奇，神秘莫测。右壁上，刻着宋代大书法家米芾所书的绿底大字“风壑云泉”，笔力苍劲雄浑，气势非凡。而在左壁上，则有晋代书法高手王羲之的鹅头体“剑池”两字刻在上面，显得圆熟可爱，栩栩如生。仰望剑池顶上，两边的悬崖间，横架着一座石桥；而桥正中间，并排开凿着两个圆圆的洞。据说，这两个洞口叫“双照镜”，是当年吴王夫差带着爱妃西施在此游玩时，以剑池的清水作镜，站在桥上照镜梳妆用的。传说吴王夫差特别喜欢这块风水宝地，因此将自己的父亲吴王阖闾葬在这里。据历史记载，吴王阖闾是在与越国作战时被越王射死的。史书上说：“阖闾之葬，穿土为山，积壤为丘，发王郡之士十万人，共治千里，水深一丈，铜椁三重，倾水银为池六尺，黄金珍玉为凫雁。”同时又传说夫差将当时吴国的名剑“鱼肠”、“扁诸”三千把殉葬，共花了三年半时间，才将墓穴修好。修好之后，夫差和大臣伯嚭为了保密，又将一千多名造墓工匠统统残暴地杀死在那块“千人坐”大磐石上。因此，这块巨石上至今还可以看到斑斑红色的血痕！

由于造墓的工匠统统被灭了口，因此阖闾墓的墓道口究竟在何处，一直是千古之谜。相传墓建成后，越王勾践战败，就被囚禁在虎丘山上的一个石窟内，为吴王喂马服役。后来，勾践卧薪尝胆，打败了夫差，灭了吴国。他曾在虎丘遍寻阖闾墓，企图挖掘出那三千把吴国宝剑，但是终究未能如愿。接着，秦始皇南巡，也动起了宝剑的脑筋，下令在虎丘挖掘寻找。宝剑未找到，却在山上的崖壁间挖出了一个水池——这就是现在的剑池。以后，几千年来，许多帝王都觊觎这三千把宝剑。三国时东吴的孙权雄踞江东，苏州正是他的属地。他也曾来虎丘挖掘过宝剑，仍是一无所获。直到明朝正德六年，江南大旱，剑池的水干涸了。当时的文人唐伯虎、王鏊、文征明等到剑池探秘。他们终于在池底发现了一个洞穴。唐伯虎钻进洞内探险，但因烛灭洞内黑暗，碰壁而返。时间又过了四百多年，到了公元一九五五年，苏州市政府在修葺虎丘古塔时，抽干了剑池的池水。一批考古工作者乘此机会在池底探寻，确实在池的北头最窄处找到了当年唐伯虎进去过的洞口。他们在洞内二十米深处探明了阖闾墓的墓口，发现墓口上被三块垒成品字形的巨石封闭着。如果移去巨石继续挖掘，也许沉睡了二千五百多年的阖闾墓和那三千把宝剑的秘密就要揭晓了。但是，上级认为，目前的科学水平还不能够保证出土文物的安全与完整，因此决定暂时不开挖。于是，这个千古之谜便再次沉入了一池清水中去。

从剑池登上虎丘顶，上面是很开阔的平地。从这里，可以一览虎丘的全貌和姑苏的平野。边上的大木牌上，有长长的文字介绍虎丘的历史，其中一段特别说到虎丘之名的另一个来历：那就是吴王夫差为阖闾造墓完成后，率众大臣在海涌山上守墓。守到第三天早上，他们突然看见有一只白虎蹲踞山上，走近又不见了。请风水先生测卦，说是墓内的精气化成了白虎，这是吉兆，只需在山顶上建一座高塔镇一下就行了。于是便建成了一座虎丘塔。而海涌山因此便成了虎丘山。

精气之说吾不信。因为夫差造墓，不但劳民伤财，而且又极残忍地害民，故而当时如果真有白虎出现，当不是精气而是民工们的怨气所聚而成了！想到中国历史上代代帝王不但自己生前穷奢极欲，死后还为自己大造寝陵墓葬，伤财害民，如果天地间真有神灵的话，自应天理不容、该受天谴神罚的！事实上，历代帝王陵墓，任他机关做足，大部分早已被挖掘殆尽了。就是这阖闾之墓，最终也不会例外。明朝诗人高启曾为阖闾墓写过这样一首诗：

水银为海接黄泉，一穴曾劳万卒穿。
漫说深机防盗贼，难令朽骨化神仙。
空山虎去秋风后，废榭乌啼夜月边。
地下应知无敌国，何须深藏剑三千！

权势似过眼烟云，生命转瞬即逝，历史却悠悠无情！转身再看山顶上高耸的虎丘塔，更加深了我的这种思绪。据说虎丘塔就是老虎的尾巴。它高四十七点三米，共七层，呈平面八角形，砖身木结构，仿楼阁式形状。它与杭州的雷峰塔是同一类型，是江南水乡仅存的砖木结构古塔。自雷峰塔倒掉以后，虎丘塔就成为江南独一无二的同类古塔了。不过据测定，虎丘塔目前也开始倾斜。现在塔顶垂直线偏斜塔基中心二点三米，已堪称“虎丘斜塔”了。

从山顶上的虎丘塔旁，随林木夹道的山脊下来，我边走边想：法海和尚法力再大，雷峰塔还是倒塌了；虎丘塔这座千年古塔，也已开始倾斜。可见，不光是宇宙大地，就是人世间的沧海桑田，也是谁都阻止不了的啊！

姑苏城外寒山寺

“月落乌啼霜满天，江枫渔火对愁眠；姑苏城外寒山寺，夜半钟声到客船。”——古往今来，不知有多少游客（不仅仅是文人墨客），吟着这首诗，于春和景明之中，于寒风乍起之时，于微露的晨曦和早降的暮色里，来到苏州城西枫桥镇上的这所小小寺庙，在袅袅香烟中升腾起思古的幽情，在幽幽的钟声里追寻往昔的脚步；驻足留恋的瞬间，获得一种自觉不自觉的感悟。自诩叛逆传统的摩登一族，也甩着长发高唱着“月落乌啼总是千年的风霜，涛声依旧不见当年的夜晚”，生生把个枫桥古寺、拱桥流水搬上了 MTV，在现代的荧屏上长吁短叹，把一张追寻旧梦的老船票捏牢不放。历代比张继有名、成就远在张继之上的诗人很有一些，可谁有张继这般出风头呢？只不过究竟是张继使寒山寺出名，还是寒山寺成就了张继，倒是一个颇难寻味的庄周梦蝶的问题了。

当然，一个地方、一处古迹能使人经久不忘，自有其必然的原因。吴地早在春秋战国时就已发达。小小的枫桥镇紧靠大运河，既是战略重地又是商业要冲，因着交通的便利，盛产丝绸，其繁华绝不亚于著名的秦淮河。然而，正如秦淮河的真实风貌早已烟消云散一样，此间也“涛声依旧不见当年的夜晚”了。

一个春寒料峭的日子，我去瞻仰寒山寺。雨后初晴，长久阴霾的天空有了浅浅的瓦蓝。下车后我仰面一望，不由得吃了一惊：蓝天下映入眼帘的，竟是一座富丽堂皇的金塔！高高的塔尖，尖顶上的圆球，闪闪发光溢金流彩。看来，这几年真是国富民强，钱多得有点发烧，给寺塔也涂上了一层黄金。只是，从涂金的塔内传出的钟声，还会那么清越、空灵、有着“枫桥夜泊”时的余韵吗？

我匆匆前去，走到一座庙门前，买了票进去，发现里面只是一所不大的庭院，不大的几间房，陈列着一些再现古时枫桥的模型和图片，别的什么也没有。我有点纳闷地转了一圈走出来，有游人指点我说，这里只是陈列馆，而真正的寒山寺在那边，要进去还得再买票；游一次寒山寺至少有五处要买票呢。

我沿着刷得鲜黄的院墙往前走，不一会便到了悬有“古寒山寺”匾额的所在。果然这里雕梁画栋、气势非凡，大雄宝殿内金碧辉煌。释迦如来和两侧的迦叶、阿难在一派寂静肃穆中俯视着跪倒在他们面前的芸芸众生。

忽然一群香客涌进，人手一只黄布袋，清一色的五六十岁的乡下老太太，清一色木然的表情仿佛无所希冀，而分明心底又存着无限强烈的渴盼——她们一个接一个地在菩萨的金像前磕头，长时间的跪拜，默默无语的久久祈祷……

我绕大殿走了一圈，只见两侧还供有铁铸的十八罗汉；后壁所嵌的寒山、拾得写意画刻石是出自清代画家罗聘之手，右壁的一幅指画“丰干保”则是清代郑文焯所作。尤其醒目的是悬在殿后的一只巨大的铜钟，我以为张继夜泊时听到的钟声便是它发出，一问才知此钟非彼钟。此钟是个日本人打造了送来的。

除此以外，我并未再见到特别的古迹。据说大殿后面的藏经楼里，还是很有些珍品的，但也要买票，我未进去。我走到外面，坐在一堵假山石上休息。正是中午时分，微温的阳光照射下来，香樟树叶如涂了蜡似的绿得亮丽。藏经楼两侧，朱漆栏杆的回廊左旋右转，一边通向钟楼，一边接着寒拾亭。我坐着，心里若有所失，也不知失了什么，只觉得满目的颜色太新太艳，所有的亭台楼阁太精致太富丽。一个日本旅游团蜂拥而入，又鱼贯上了钟楼，不久就响起了钟声。“当——”这也要付钱的，撞一记五元吧！

五元的钟声让我有点不忍卒听。我被友人催着站起来走出寺角，想去看看枫桥，那里无论如何该有些古风古韵的余味吧。

果然，弯弯的石拱桥上，高耸着一座牌楼，两边飞檐翘起，中间黑色的“铁岭关”三个大字雄浑有力，气势夺人，抬头一见之间便有了一种千军万马奔来眼底的感觉。尽管吴语柔软，可这块吴地毕竟是两千五百年前的古战场啊！我兴冲冲往桥上走去，却被人拦住。原来上桥又是要买票的。

买过票再过“铁岭关”，见枫桥其实是一座江南最常见的石拱桥；桥对岸住着一些人家，沿街的房子高矮不齐，显得灰蒙蒙的，果真平和宁静中带一点古旧的色彩，流水潺潺里携一份逝者如斯的伤感，倒也不负枫桥古镇给人的联想了——然而我站在桥上低头一望，却见满河流着的，是暗红色的散发着异味的污水！

我一时有些不知所措：怎么会这样?!我并非未见过被现代工业污染的苏州河黄浦江，并非不知道星罗棋布的江南水网正在变黑变窄，可是，人们已经开始在治理和反思。而在这里，这是条曾经泊过张继的客船、曾经映过西施的倩影、曾经淘洗过吴王夫差的一身征尘的滔滔古运河，它可以因为过多的历史积淀而变得浑浊、变得迟缓、变得枯竭乃至消失，却不能如此这般满满荡荡翻腾着污浊的一江红水！

这一刻我感受到的已不仅仅是悲哀。可我仍不甘心，我仍想寻觅张继夜泊的地方。倒也不费事，抬眼望去，便见暗红的水波拍打的河岸上，写着斗大醒目的三个字：“夜泊处”。

望着这三个字，想到当初诗人的客船就停泊在此：我心里一阵激动，当时也许秋风渐起，荡漾的碧波已透出深深的寒意，却更见清冽，更见温柔，因此，便涤净了一个旅人心底的灰尘；听喧闹的市声，听寒鸦的啼鸣；阶上有绿苔痕，桥下有青草色，还有杨柳岸，有乌蓬船，有遥遥相对的寺庙古阁……繁华与恬淡，喧嚣与宁静，蓬勃生机和沾泥禅心，出世的空灵和入世的进取，如此和谐地共存于这一方寸之地、河网交错之中。而那暮鼓晨钟，仿佛来自天外，又似发于内心，悠悠的一击，已使诗神展颜，灵感如潮涌，千古绝唱便在瞬间诞生。

我固然无法跨过几个朝代去面对张继，但“夜泊处”毕竟令人流连神往。快步过桥走向对岸，忽然一阵更加浓烈的臭气扑鼻而来。我转脸一望，只见“夜泊处”的沿岸，齐齐贴近着这几个大字的，是三个满满的大粪缸！

毫无疑问，这粪缸是附近农家的财产。看来，现代文明虽用金粉装饰了千年古塔的风霜，却把自然风光中的一份清纯破坏殆尽。

本想在此摄影留念的，这一下子兴味索然了。看来一切寻访都只能在书中，在想象中，在诗与歌的音韵中。然而寻访的人，却络绎不绝：有虔诚的农民，有衣冠楚楚的华侨，还有一队队日本人……倒是江山易改，本性难移。农民烧香，是为了祈求风调雨顺，与千年之前没有两样；华侨烧香，是为了对祖先的膜拜，对生命之根的向往，抑或为了生意事业的兴旺发达；至于那些来自异国的日本人，除了好奇好玩之外，不知还有怎样的欲望？

我捏着鼻子立在“夜泊处”。平心而论，此处水域十分开阔，大河套着小河，既曲折又坦荡，完全能想象当年千帆竞发的景象。只不过充满春意的生命绿色少了一点，但也还不曾绝迹：有一株孤独的杨柳立于河岸，在春风中摇曳着翠枝绿叶；还有一株小小的枫树自枫桥的石缝里探出，以它那样顽强而鲜活的生命力绽放在古老的遗迹之上。

“当——”寒山寺那边的钟声又响起了。不是在月落乌啼、渔火点点的夜晚，而是在阳光明媚的白昼。据说撞钟能发财，所以尽管撞钟需要花钱，而对于期望发财的有钱人来说，是不会怜惜的。携着铜臭味的钟声穿过铁岭关，与风中独舞的杨柳对吟，展示着当代文明发展的一大特色。

静安寺虾子潭记

在繁华热闹的大都会上海市中心，有古寺名曰静安寺，寺前有水池名曰虾子潭。

穿越了千年的历史，坚硬如铁的“陈朝桧”依然挺立，顶端一蓬浓绿显示着它不可思议的生命力，两侧扬起的枝干则因承受了太久的岁月重负而失却了生机，只剩下一个苍凉而顽强的姿态，默默地守卫着它下面那一池清浅的水——虾子潭。

现在的虾子潭，已成了静安公园的一景。绕潭有垂柳，有翠竹，有冬雪中也郁郁葱葱、相伴而立的青松；盈盈水波从石上流过，沁入春花的芬芳，秋月的静谧；水上有曲桥，水底有石卵，有游鱼，只是不见虾。

没有虾的虾子潭，是有故事的。

时间要追溯到一千多年前。

宋朝时候，上海静安寺有个和尚，法名智俨。这位智俨和尚是个怪异的人。那时的静安寺，地处一片河网交错的水乡，出门要行船，河边生满了茂密的菖蒲、芦苇和野草。智俨和尚拔来蒲草，编成一条条绳子，挂在庙里。他每天拔，每天编，每天挂，绳子越挂越多。人们不知道他究竟要干什么，便去问他。他说："我将做大缘事。"

什么是他的"大缘事"呢？人们还是不明白。

那一年七月十五，一个月圆的日子。漫长的白昼暑热难熬，寺内的僧人都被邻村人请去赴庙会了，只有智俨和尚一个人还在寺内编绳子。他编啊编，编得满头大汗，也浑然不觉。有个渔人在寺前的河里捕虾，看见这个和尚全神贯注地编了绳子往墙上挂，觉得他真是天下头号大傻瓜，就问："喂，和尚，你在干什么？"

智俨头也不抬，还是那句话："我将做大缘事。"

渔人好笑死了："什么'大缘事'呀，不如编几双草鞋自己穿，穿不了还能拿出去卖呢。"

渔人的笑声似乎惊动了智俨和尚。他来到岸边，要渔人秤一斗虾。对渔人来说，这是一笔不小的买卖，可是智俨和尚没有现钱，不过他保证马上就会把钱还给渔人，因为刚才附近的胥村里有人来请他去做法事。一般来说，做过法事以后，村人是要给些香火钱的。渔人经不起这笔生意的诱惑，将虾先赊给了他。智俨接过虾，就蹲在河边，一面将虾一只只撂进嘴里，一面用钵头舀水喝，不一会，就把一斗虾吃光了。

吃完虾以后，智俨和尚立即前往胥村去做法事了。但想不到人家只请他坐在地上吃了一顿斋饭，一个钱未给他。他是出家人，当然不能伸手向人讨要。结果回来以后他只好拍拍肚子，告诉渔人他没有钱。

渔人急了，扭着智俨和尚，非跟他要钱不可。于是智俨和尚又拍拍肚子，把虾子和水一口口地吐在了面前的一个土坑里。

令人不可思议的是，吐出来的虾仍旧是活的，伶伶俐俐地在水里游；而坑里的水也越积越多，越聚越深，最后形成了一口幽深的水潭。这水潭人们就叫它虾子潭。

后来人们将智俨和尚吐在虾子潭里的虾捞出来一看，发现它们的身上已经没有了芒刺。所以这种虾又叫无芒虾。

无芒虾以后顺着小河，一直游到了几里路外的法华镇附近。从此，这一带又多了一个虾的新品种。只是以后城乡变迁，静安寺一带的水路被填塞，无芒虾才绝了种。

再说那渔人看得目瞪口呆，不敢再向智俨和尚讨钱了。这消息经那渔人传出去，人们也都惊讶极了，大家终于相信这个智俨和尚是有道行的。于是附近十里八乡的百姓都扶老携幼来向智俨和尚礼拜，希望能得到他的福佑。

可是人们发现智俨和尚已经圆寂了。

圆寂的智俨法师身后，是一万多条蒲草编结的绳子。它们悬挂在墙上，每一个结都守着一个秘密；在圆寂的智俨法师前面，是一汪碧波的虾子潭，每一只活泼游动的虾子，也守着一个秘密。虾子和绳子，要告诉人们什么呢？

人们谁也猜不透，就竞相拿来钱串在绳子上，表示礼佛的虔诚。一万条绳子都被钱串满了。这笔钱后来的用途是，修缮了静安寺，并且造了一座佛阁。

然而，智俨和尚的愿望就是修佛寺、造佛阁吗？

而今，经历了千年的风雨沧桑，人们已在昔日的虾子潭上建起了钢筋水泥的丛林和现代都市的繁华。然而，作为高僧的智俨法师，他的心愿开启了吗？

也许，在他当年吞吐之间留下的谜底，凭我们今天的科学与智慧，应该将它揭开了——他并不想造什么佛阁，他想要的是为苍生留下洁净的水，明朗的天空和富足的生活。

今天虾子潭里的碧水，已经不是当年智俨和尚吐出来的了。因为当年的虾子潭已经不存在了。但是我们毕竟看到，人们已经悟到了智俨和尚的禅机，重建了虾子潭，使它在大都会的喧嚣中，留给人们一方小小的清净。我站在智俨和尚吐虾的地方，沐着松枝竹叶拂来的清风，想象着隔了一条繁华南京路的静安寺内——那里曾经留下过智俨和尚一万条绳子的因缘，不能不使我发思古之幽情。虽然“春在溪头荠菜花”

的景象，只能是盘桓在现代都市人心头的一个梦了。不过，如果人人都能献出一份对我们生存环境的爱心，那么，当年智俨和尚打在那一万根绳子上的结，我们终究是可以一个一个地解开的。

问渠哪得清如许

宋代理学家朱熹老先生的《读书有感》诗云："半亩方塘一鉴开，天光云影共徘徊；问渠哪得清如许，为有源头活水来。"山前有几间茅屋，屋后有一片竹林；门前有一方池塘，池水清澈，环境幽静，在那里修身养性，读书思考，寻觅历史的足迹，冷观世事的变迁，探索人生和宇宙的奥秘，这是我国封建社会不少知识分子心向往之的理想境界。

我也曾向往这种境界，尤其是在境遇不佳、挫折重重的时候。为此，我还30来年如一日地到乡下边写作边寻觅过。然而，在以公有制为基础的社会里，"三十亩地一头牛"是小农经济、资本主义，肯定是要挨批判的；读书思考曾经也是有政治风险的事。而今改革开放了，虽然满眼仍是名利场，到处都有污染源，但我终于借一次散文笔会之机，见到了一处心仪已久的桃源世界。

它就这样突兀出现在我的眼前：一片浩渺清澈的

湖水，湖中有点点白帆，湖畔有萍荷垂柳；傍湖则是连绵的别墅群落——太阳湖花园养生别墅。

走进别墅群落，恰似进入了一座规模巨大的森林公园。只见眼前松柏参天，绿茵铺地；银杏、香樟遮荫，玉兰、紫薇夹道；更有桃李芬芳，橘树吐馨，石榴火红，蔷薇热烈。而那一栋栋错落其间的欧式别墅，在绿荫覆盖下露出点点红屋顶，好似大花园的绿草丛中冒出的红蘑菇。而当你走进每栋别墅，则又会发现它们各有洞天——或庭院深深，池塘春草；或藤萝攀援、假山峥嵘、鲜花满院；或茂林修竹掩映，溪流环绕……曲径通幽处，潺潺水声不绝于耳，绿萍红莲浮生于清溪之上，红鳞游戏于莲叶之间，青青蒲草繁茂于溪水两岸。忽然间，人仿佛已远离尘嚣，置身于化外了……

在上海这样的大都市生活了这么久，不知近在咫尺间竟还有这么一大清逸的去处，实在是自觉太孤陋寡闻了。于是我忙翻阅资料，向人打听，了解起这块地方的地域文化和历史渊源来。

原来，这里是中华文明的又一源头——长江文明的一处重要的发祥地。它地处长江下游的近海处，是一片土地肥沃、风景秀美、山水清奇的鱼米之乡。我们华夏民族的先人早在五、六千年前就在这里繁衍生息，创造了辉煌的良渚——松泽文化。在有文字记载的历史中，我们可以追溯到殷商王朝时代。那时在我国西北渭水流域有一个游牧部落定居下来，在他们的部族首领古公亶父的带领下建立了周国。古公亶父有三个儿子。在他年老准备选个儿子继位时，大儿子泰伯和二儿子仲雍以为自己的能力不如小儿子季历，两人便主动出走，让父亲将王位传给了小弟季历。以后季历的儿子季昌，就是周朝的开国元勋周文王。

而泰伯、仲雍出走后，便来到了长江以南、东海之滨的这块土地上隐居了起来。他们在这里带领百姓疏通河道、兴修水利、发展生产，慢慢建立起了一个称为“句吴”的部落。这就是后来吴国的前身。周王曾经数次派人请泰伯、仲雍回去当官，但都被他们婉拒了。因此孔子在他的《论语》中说：“泰伯至德。”

泰伯、仲雍兄弟以宽博的胸怀和善意，让权让贤，并且在这片富庶美丽的土地上开创了一种“隐居文化”。如果我们反过来考察，也可以说，是这片土地很适合隐居文化的发展。因为它近傍太湖，正处江苏、浙江、上海的交汇处。这里水网密布，河道纵横，大小湖泊如天上明珠般点缀其间，而且物产丰饶，民风淳朴。仅淀山湖、太阳湖、汾湖三个面积在万亩上下的湖泊组成的水网世界，就足以使许多高人隐士、迁客骚人驻足流连。如果我们跳过吴越争霸，便可以看到范蠡功成后消失在这儿的水天烟云之中；宋代的书法大家赵孟頫在此避乱挥毫，作《汾湖水村图》；甚至，我们还可以看到唐伯虎等江南才子鄙弃功名放浪形骸的足迹。这片土地是如此的诱人，因此也难怪当代著名的民主革命人士、一生耿介正直地追求自由民主的柳亚子先生，会在革命胜利后向毛泽东发出“汾湖便是子陵滩”的感叹。

然而，隐居不等于养生。虽有优渥的客观条件，但身隐心不隐，“身在曹营心在汉”，身处在幽静的环境中，心却仍驰骋在名利场里，诸多牵挂放不下，则又何谈养生！犹如有些人，为求个人富贵平安，见佛叩头，见庙烧香，用丰富的牺牲祭品将祭台染得血红，以成捆的香烛将庙堂烧得烟黑；然而一转身，他们又热衷于红尘中的尔虞我诈，坑蒙拐骗，甚至贪污腐败，残害忠良……这样的人，菩萨是不会原谅他的！

因此，我们的古人退隐山林，觅得一方净土后要讲究“修身养性”。然而何谓“修身养性”？

按我国传统的儒家思想，它大概就是孔、孟老夫子说的“仁心仁术”。用现代人的话来说大约就是人要有仁爱之心而且将其付之行动。而于佛家来说则讲究“修心”。从内心、从根本上认识宇宙世界的本质和人生的意义，即所谓“色空”。当然佛家讲的“色”，并不是我们当今一些人津津乐道的“美色”，而是指宇宙间的万事万物。佛道认为，世间一切事物，虽生生不息，但最终都将归于“诸法空相”，就是如浩茫宇宙那样的空无旷渺。人只有明确了这个道理，才能看透世间的一切，才能“不生不灭、不垢不净、不增不减”；

才能“度一切苦厄”，“无苦寂灭道、无老死”；才能“远离颠倒梦想”从而“究竟涅槃”。如果达到了这样的境界，你就能心平气静，就会感到一粥一饭都有余味，昨日今日，尽是好日。不明白这个道理的人，就只会在生活中事事竞争不休，日日烦恼不尽……

几千年来，无数帝王将相，绝代佳人，我们只能从出土的枯骨上去想象他们当时的威严和姿容。人们彩虹般的人生，对于博大的宇宙来说，也只是南柯一梦。当暮春的梅子黄时，我们已无法欣赏早春桃花的绚丽。繁华只是雾中花，权力也会在转眼间灰飞烟灭。那么，我们能够把握住的永恒的东西是什么？一个人自出世的那天起，就好像搭上了一列火车，朝着死亡的终点开去。但是，如果在你的车上，有病人在发出干渴的呻吟，你可以把清凉的水送到他的唇边，同时握住他滚烫的手，轻轻地安慰他，你的爱便似涓涓细流，渗进了这个陌生人的心田。你生命的旅程，就会因此留下美丽的因缘。如果我们人人都能把爱和善的种子植入自己的心田，并且播洒人间，让它生根发芽，那么总有一天，它会长出丰茂的森林覆盖大地，让我们的这个星球、这个国家变得更加美好。

爱是人性中最美的风景。爱使人的心胸变得开阔博大；爱使人的心境变得安宁纯净，充满欢喜与愉悦；从而，它也就能使人身心康健而富有生命力。当我们回过头来再读“问渠哪得清如许，为有源头活水来”

这两句诗时，我们才真正意会到，这活水源头，原来就在我们的心中。它就是我们人性中的爱和善的本能。

苏东坡在《前赤壁赋》里有这样的名句：“寄蜉蝣于天地，渺沧海之一粟；哀吾生之须臾，羡长江之无穷。”面对着广袤的宇宙，无限的时空，人生真是太渺小了。我们只有在这短暂的生命周期中，用爱留下些许的痕迹，才不枉在人世间的这一遭轮回。

三　怒江行记

>>>

溜　索

早就听说，当今世界，能和美国科罗拉多大峡谷媲美的，是我们中国的怒江大峡谷。自己也感到不可思议，今年阳春四月的一个早晨，我竟就站在了高黎贡山上，看千里怒江在脚下呼啸奔腾，看碧罗雪山在对面静静伫立，看那条维系两岸青山的溜索，纤细透明如天边飘来的一线雨丝，在晨风中轻轻摇颤……

恍惚间，一条绳索已把我捆了起来。我轻松地上了溜索。双脚离地之时，身子便如燕子般轻盈地向前飞去。身边有风、有云、有雾，而眼前只剩白茫茫的一片，只觉得自己已经变成了一只真正的燕子，在漫无边际的云雾中穿行。

渐渐沉下心来，忽闻身下有哗哗的水声；怒江深不可测，目光扎下去，只见一道可怕的裂缝，袭人的寒气从裂隙间往上直冒。

我忽然想起，世界著名的宇宙物理学家霍金最近刚刚重申，宇宙时空间的裂隙，就是虫洞；在其间可作超光速飞行，就能回到过去；但是他告诫人们不要轻易去尝试。

我的思维一震，似乎自己正在坠入这个奇妙的时空大裂缝之中。我好像已看到了我们的祖先，他们长发飘飘，日出而作，日落而息，正身轻如燕地攀在溜索上，从山的这边飞到山的那边……

转瞬之间，双脚已撞在了碧罗雪山的陡坡上；坡前鲜红的杜鹃花将我拉回到了现实中。这时太阳从碧罗雪山的山峰间升起，照亮了对面高黎贡山连绵起伏的群峰；只见远山碧蓝，近山青翠，晶莹剔透的怒江水，在山下谷底流淌。

我们随着怒江溯流而上，越往上走，山势就越雄奇险峻，水流就越湍急清澈，山坡岸边的植被也更加丰富多彩，但就是几乎难觅人的踪影。好像怒江是一条时间长河，正潺潺地从你心上流过；越逆流往上走，就一步步诱惑着你回到过去，直至生命的起始……

见不到人，也无从采访，我就去与带领我们的向导聊天。向导是个地道的怒族汉子，但他也能讲一口流利的汉语。他说，这里原来是神仙居住的地方，山是神山，水是圣水；一块石头，一棵树、一株草、一朵花，都有神灵的气息；一条会爬的虫子、一只能飞的鸟，都是神灵所赐的生命，因此这里的人都要用一颗慈心相待。这里后来迁来了藏族、怒族、傈僳族、独龙族、白族、汉族……许多民族的人，但大家都相信神灵，和睦相处。

他忽然指着面前山崖上的一株植物问我："你看，这是什么？"

我仔细观察，凭我极有限的植物学知识也认得："这不是一株普通的玉米吗？"飘带似的绿叶和粉红色的玉米穗须都明白无误地昭示着它的身份，"你们这里可能叫苞谷。"

"是的。"向导说，"可你知道它怎么长在这高高的半山崖上的吗？"

"八成是鸟儿衔上去的玉米粒长出来的吧？"我很有把握地说。

"不，不是鸟儿的功劳。"向导不无自豪地说，"是我们怒族人用弓弩射上去的种子。"

我又一次糊涂了："这么高的悬崖峭壁上，人根本攀不上去。从崖壁裂缝里生长成熟的玉米，怎样收摘呢？你们这里也有坝子平地，为什么非要到悬崖上去开荒种地？"

向导得意地笑了："这样的苞谷，人是只能看不能收的。就是有人为了采药等用绳子攀了上去，也不会去摘来吃。我们只是看，看着就高兴呀！"

"看？将玉米种到山崖上当风景看？难道它比山坡上的杜鹃花还好看吗？"我还是不明白。

"苞谷没杜鹃花好看，但是它能结籽；人采不到，猿猴能采到呀！猿猴吃得饱饱的，它们高兴了，我们当然也高兴啦。”

“噢——”我终于茅塞顿开，“你们与动物也友好相处啊。”说着，我又狡黠地问，“那你们打不打猎？”

“打。但是现在各民族都以种植为主，打猎逐渐减少了——”怒族汉子并没有在我的问题面前显得尴尬，仍然诚恳而认真地说，“我年轻的时候，就常常跟我舅舅出去打猎。但是我们这里的猎人打猎都是有规矩的。我们不打怀孕的母兽，不打头羊和小羊（指野羊），也不打蛇，不随便杀死无辜的动物……”

向导说到这里，若有所思地默默向前走了一会儿，抬头向山崖上望去，指着前面不远处的一棵斜长在石缝里的老松树说：“十几岁时，有一次我看见一条大青蛇躺在那棵树的枝桠上晒太阳，为了试试我新做的弓弩，我一箭将它射了下来。这事正巧被舅舅发现了，他严厉地责罚了我，还把我费了九牛二虎之力做成的大弓弩给折断了。从此，我再也不敢滥杀无辜了。”

“蛇也不能打？可它是要咬人的呀！”我说。

“一般情况下，人不欺负蛇，蛇是不会伤害人的。”似乎为了证实他的话，他又接着说，“就在前面的石门关附近——那里我要带你们去参观的——有一个很大的溶洞，里面有一对大蟒蛇，每天上午 10 点左右太阳照到溶洞口的时候，就会出来晒太阳，许多老百姓都会去观看，但从来没有人会去伤害它们。而大蟒蛇从洞口进进出出，也不避人，不伤人。”

我听了，似乎又随着时空机器返回到了远古时代；也许，在那个大溶洞内就居住着原始人类；而那两条大蟒蛇，则是为人类在洞口站岗的两名卫士——远古人与自然和谐相处、相依相存的画面忽地浮上了我的脑际。

樱花小街

在怒江峡谷歇脚的第一站是丙中洛。

丙中洛是怒江西岸山间驿道上的一个小镇，当地的乡政府所在地。它只有一条樱花夹道的小街。

这儿的樱花也似被神祝福过了的——在漫长的人间四月天里，一旦怒放，就日复一日地娇艳着，不露一丝红衰翠减的预兆。街上的店铺，都隐匿在重重叠叠的樱花幕帘后面。

走了一天的路，我的脚上打了泡，泡又破了，急需买几个创口贴，于是就进了一家小药店。

可药店里没人。我大声喊叫也没回应，陪我同来的那个本地女孩子就径自伸手朝货架上取下一个纸盒，从里面掏出一叠创口贴："你要几个？"

"四五个就够了，可这……这怎么可以？"

"有什么不可以？"她不以为然，"在我们这里买东西，碰上店主不在，都是自己拿的。"

"啊？"我不解地打断了她，"这不会乱了套？"

“不会的啦!”她淡淡一笑，“拿了东西以后，人家会把钱放下的。”说着，她就抽出了六张创口贴，不由分说地塞到了我的手里。

我犹犹豫豫地问：“创口贴多少钱一个？你知道价钱吗？”

“不知道。你就随便放下几个零钱好了，没关系的。”她说得轻巧。

我打开自己的钱包，零钱只有两枚一元的硬币，除此之外便是百元大钞了。留下两元恐怕不够，可留下一张百元呢，又显得不值。再说，店里没人，钱放柜台上，外面人来人往，要是有谁顺手牵羊拿走了，而店主只知道创口贴少了，还以为被人偷了呢。而这个“小偷”，就是出了一百元的我，岂不冤哉？

这样一想，我就把那几个创口贴放回纸盒里去了。我对陪我的女孩说，身边没有零钱，算了吧!

她恰好也没带钱。可她却把创口贴又拣出来，不由分说地就朝我手里塞：“走吧，你先拿去，用了再说!”

我心里仍然觉不妥，依旧站在那里不动。见我仍在犹豫，那女孩子不由得“哈哈”大笑起来。她笑着，挽起我的胳膊就走。

第二天一早我就急急来到了这家药店，见柜台前站着一个慈眉善眼的女子，我忙上前向她表白昨天的事情。可她看着我只是笑，笑得让人觉得这种表白很多余。我只好住口并问："六张创口贴多少钱?"

"三元!"她随口答道。

我赶紧掏出已经准备好的五元小票呈上。

她接过钱，马上把找头递过来。我接过看，找头里是三张一元的。这时她已经回头去做另外一桩生意了，我忙说："你找错了!"

她还是笑，不睬我。

我只好拿出一元放下，并且啰嗦地解释："你的创口贴是三元，你多找了一元。"

不料她把那一元漫然一推："你买的东西是两元六毛。"

我一愣。她到底会不会算账?于是我又把钱推回去："两元六毛，你也多找了嘛。"

"零头不收的。"她笑着，再把钱推过来。

来回推让之际，我真不知自己身在何处了。买东西可以先不付钱；算账时还互相争着让对方占便宜、让自己吃亏；哪朝哪代会有?丙中洛人这样的生意方式，印象中那是古典小说《镜花缘》里君子国中的故事呢。

我又走进樱花小街上的点心铺。只见热气腾腾的馒头摆在那儿，客人走进去，伸手拿了就吃，钱的事没人提，也没人问，好像爱付不付。有过购买创口贴的经验，我对此已经见怪不怪，只是好奇地问老板："谁没付钱你能记住吗?"

老板笑呵呵地一摇头："不用记，都认得的，没有人会赖账。"

"可要是不认识的外乡人，吃过以后抹抹嘴就走了，你怎么办？"我有点促狭地盯着他。

"外乡人可怜啊，走那么远的路到我们丙中洛来，请他们吃几个馒头，应该的嘛！"回答是这样的理直气壮，倒让我这个不识趣的"外乡人"羞愧起来了。

小街上还有一家舞厅，名字叫"藏迪"，听说那里非常热闹，镇上许多人都会去唱歌跳舞。我们便决定也去看看。可能我们这天晚上去晚了，藏迪里面已空荡荡的。不过刚坐下，就又进来了一个人。这人穿着件脏兮兮的白衬衫，走路跌跌撞撞，一看就知道是喝醉了酒的。这醉汉谁也不看，径直跑上了舞台。很奇怪，他一上舞台，音乐就随之响起来了。醉汉头也晃，脚也晃，一副摇摇摆摆站不稳的样子，倒也勉强可以说是在跳舞。

跳了一会，他"扑通"坐了下去，音乐也随之戛然。这时，一个女孩笑微微地走过去，把一杯开水轻轻放在他身边。他也不客气，拿过来就喝，喝了几口，再次倒下。这回是躺倒了。他躺在舞台上呼呼大睡。直到我们离开，他还酣梦未醒，不过身上已经盖上了一条毛巾毯了。

以我的经验判断，这家舞厅不可能从醉汉身上赚到一分钱，但他们给他放音乐，给他解渴的水，还给了他做梦的地方。

走出“藏迪”，只见满天星斗伸手可摘。我已记不清有多长时间没看过天上的星星了，在上海，即便是很远的郊区，也只有在极其晴朗的好天气时，才能看见稀疏的几颗星星；而在丙中洛，布满苍穹的星星，全都明亮地闪烁着，全都像有生命似的会动会笑，如丙中洛人充满善意的目光一样，让我感动不已。

信　仰

丙中洛人为什么会如此质朴和善良？我询问这次邀我前来怒江采访的丹增书记。丹增书记笑言：“你跟我走走就明白了。”

背靠着雄奇高山又面临着纵深峡谷的丙中洛，远远望去，就像大山巨人怀抱里伸出来的婴儿的小手掌，既真实又柔嫩可爱。可走近了你就会发现，那黄绿色的梯田，要铺展到很远的地方；那潺潺的清流，能追溯到遥远的雪山；村寨，就在鹅黄翠绿间星罗棋布。而蓝天白云下、阡陌绿畴间，像条割不断的线似的一字儿排开的，是一座座基督教堂、天主教堂和佛教寺庙。教堂的红十字和寺庙的经幡，在白茫茫的氤氲里温柔而淡定地守望着附近的村庄。

丙中洛是一个行政乡的建制，共辖三个大的自然村。我们一行首先走进了重丁村的一家农户。这里依山而建的农舍很特别：墙是一根根粗粗的原木垒起来的；屋顶盖的不是瓦，而是石片，褐色的原木墙壁配着灰灰的石片屋顶，有一种不可思议的原始的华美，从简单质朴中透射出来。房屋跟前还斜靠着一根特别粗壮的圆木。这根圆木有被斧头砍过的一格一格的痕迹，人踏着这些痕迹就可以爬到二楼上去——它是楼梯。

走进小木屋，感觉光线幽暗，原因是窗子开得太高，而且又小。不过火塘里的火燃得又旺又亮。客人们围着火塘坐下，是很温暖的。火塘上面架着一片圆圆的东西——不是平底锅而是石板；用这种石板烤出来的荞麦粑粑，特别香甜好吃。

刚坐下，咕嘟酒（一种用玉米酿制的又酸又甜的农家酒）就端上来了，一杯杯放在我们身边的小板凳上。主人刘老爹解释说，自己性格腼腆，必须喝了酒才有胆量跟陌生人说话。呵呵，这真是个好理由！

接着进来的是猪，黑黑的、小小的，狗儿一样亲昵地在我们脚边蹭。女主人马上过来赶。丹增书记挥挥手："没关系，就让猪同志在这里玩吧。"

大家都笑。我举目四顾，只见火塘对面被烟熏火燎得黑乎乎的圆木墙壁上，设了一个神龛，中间供着释迦牟尼像，两侧是观世音和毛主席像；而这些像的周围，都插满了翠绿的松枝。

我愣了一下：这家主人究竟信什么呢？

喝了一些酒，这位怒族老爹用汉话明明白白地告诉我，自己是藏传佛教的虔诚信徒。虽然"文革"时期这里的寺庙全给毁掉了，但现在又重新建起来了。他说，自 1957 年四世郎却活佛去世后，信徒们在漫长的期盼中等到了 2005 年，五世郎却活佛终于出现了。五世郎却给信徒们摸顶，他们这里有一千多人去了，他当然也去了。郎却活佛经常给贫苦人发药、发衣服，逢年过节庙里还有大的佛事，他都会去参加的。他还说自己的人生起伏很大，当过记工员、老师、农民……现在还是农民，可因为信了佛教，心里就平静了，潮起潮落都看得淡淡的。现在他家里有 20 多亩地，种着油菜、苞谷和一季水稻。收割都用拖拉机了，不过他还养着两头牛，还有猪和鸡……我很好奇，问他门前放眼望去郁郁葱葱的山林都属于谁？他笑笑说，自己也有十亩林地，种了些松树、核桃之类。

这时丹增书记和他打趣，说在迪拜，一个人拥有十棵树就富可敌国了，你十亩林地上有多少棵树？

刘老爹只是憨憨地笑，接着又喝下一杯酒，话却没有。十亩林地上有多少棵树，显然他也数不清，数不清就不数，反正云在青天水在瓶，安适自在地过日子就是了。我不由得抬眼看那神龛上的松树枝，都水灵灵地滴着露水呢。

刘老爹有五个孩子，三男两女。原以为孩子们都随父亲信佛教，却不料他们有的信基督教，有的信天主教，还有信马克思主义的共产党干部呢。

在双拉村，我们进了俞老爹的农舍。农舍的格局与刘老爹家没什么差别。但火塘对面的墙壁上却供着十字架。俞老爹是傈僳族，今年 81 岁了，身体还硬朗得很，爬山如履平地。他告诉我，自己在 50 岁时曾大病一场，全身抽搐、发抖，路也不能走了。儿子把他背到丙中洛医院，住了很长一阵子。医生说他生病的原因是喝酒太多了。出院后，他就让清洌的江水洗净自己的身体，皈依了基督教。

俞老爹说，是上帝救了他，因为受洗以后就要做到不喝酒、不打架、不吸烟、不偷盗、不说谎，要团结友爱、与人为善，还不可以离婚……俞老爹过去不但酒喝得多，烟也抽得凶，现在全戒了，身体一下子就好起来了。

我们为俞老爹高兴，就又问他家里其他人的信仰。与刘老爹家一样，他扳着手指头告诉我们：他的四个儿子，老大信天主教，老二信基督教，老三、老四都信佛教。

这天正逢复活节，从俞老爹家出来，我独自悄悄去了双拉村基督教堂。我见教堂里的长凳上，并排坐着五位老态龙钟的老人。老人面前则站着一位西装挺括的年轻人。那年轻人双目微闭，嘴里正念念有词，在为老人们做祷告。

我竭力想听清他祷告的内容，可人家说的不知是藏语还是傈僳话，反正我一个字也听不懂。待祷告结束后，我采访了这个年轻人。

年轻人姓习，藏族，是这里的基督教传道员。他说话时彬彬有礼，还老是憨憨地望着我笑。我问他的家庭情况，他回答得很爽快："我父亲从小就在普化寺当喇嘛，后来还俗了。他一生笃信佛教。"

我又问："你父亲信佛教，你信基督教，你们之间会不会有矛盾？"

"怎么会呢？"显然他觉得我这个问题提得很奇怪，"我父亲非常爱我，我也非常爱我父亲，我们之间没有矛盾。"

"难道他没有让你也信佛教吗？"因为我知道，丙中洛的藏族人是随着藏传佛教一起迁到这里来的。他们大多信佛教，这位藏族子弟怎么就改变了信仰呢？习传导员说，小时候他是随父亲信佛教的，可渐渐长大后心里总有一种莫名的恐惧感；后来接触了基督教，就感到心中安宁平静了许多。基督教里的那些做人的戒律，他也觉得不错，于是就在20岁时受洗了。在家里，父亲每天烧香转经，他每星期到教堂去做礼拜，一家人和睦相处。家中虽无多少财富，可天光云影，生活里洋溢着安宁与满足。

最震撼我心灵的，还是秋那桶村98岁的怒族老太太迪丽莎。

与一路走过的村寨相比，秋那桶在丙中洛的最北面，再过去就是西藏了。坐落在碧罗雪山深处的秋那桶，好像离天特别近。那满天清纯的碧蓝，好像一伸手，就能揽到你怀里；深深呼吸一下，就吸到心里去了。云呢，一团一团的，就像洁白的小绵羊一样，在眼前悠闲地徜徉。

在一幢依山而建的木墙石片房前面，迪丽莎老太太静静地坐着，好像坐在天堂的门槛上那般安详自在。

交谈只在迪丽莎和丹增书记之间进行，因为他们说的是藏语，我一句也听不懂。我只能悄悄地望着这位老人。阳光暖融融地泼洒在她身上，我看她挺拔的鼻梁，看她下巴依稀可辨的秀气轮廓，看她满脸并不深密但条条道道都显得柔和的纹路。我想她年轻时必是个美人儿，现在还缠着头帕，系着长裙，打扮得整整齐齐。从她那温柔恬淡的神态里，我以为毋庸置疑的，老太太必有一个幸福美满的家庭。

于是我终于忍不住问丹增书记："她都跟你说了些什么？"

丹增书记说："她从 1958 年到现在，一直一个人过。"

我大吃一惊，1958 年……那不是半个多世纪以前的事了？掐指算来，那时候迪丽莎和她的丈夫不过 40 岁刚出头而已，怎么就守寡了呢？我求丹增书记再问问——我知道问人家丈夫怎么离开人世的，会引起她痛苦的回忆，但就是忍不住。而对我的问题，迪丽莎只淡淡地说了一句话。她说完之后，丹增书记就沉默了。

我追着问，丹增书记只说：“她说她丈夫像羊一样被人带走了。”

这是什么意思？我一头雾水。看迪丽莎老太太，依然一副恬淡的表情。

我又追着问：“为什么被人带走？还像……羊一样？”

这次老太太的回答更简短了：“因为他说错了一句话。”她对丹增书记说。

我已有所悟，但还想彻底弄个明白，就又去问了村里的其他人。这才知道，原来当年迪丽莎的丈夫是生产队干部，队里要搞大跃进挖水渠，他说了句挖不得，就被扣上了反对三面红旗的“反革命”帽子，就像一头羊一样给绑着牵走了，从此再也没回家，死在了丽江劳改农场。

我瞠目结舌。真想不到，坐在天堂门口的迪丽莎，竟是从炼狱里走出来的！

如今，恶梦过去了。按照我们的传统习惯，她应该要求为丈夫申冤平反，要求追究迫害她丈夫的人的责任……然而，她没有。她不恨不怒不争不斗，她只让自己的生活回归自然，让心灵回归平和与安宁。

是一种什么样的力量让这位普通的藏族妇女能够如此淡然地去面对如此严酷的人生劫难？我想，这应该就是信仰的力量吧！

有了这种力量，迪丽莎老太太就能悟透人生和人性，她的心中就有了爱，她的心灵就得到了涅槃；于是，天大的冤屈对她来说也就算不得什么了。于是她终于能平静地活到了98岁，而且还能健康快乐地继续活下去。

村里的人还告诉我：现在，老太太还在天主教堂里担任工作，教大家读藏文的圣经——全村只有她能看懂藏文圣经。而且她读经时居然不戴眼镜，字字清晰。

融　合

从丙中洛前往秋那桶的路，是一段被称为茶马古道的崎岖山路。隔着怒江从对面的崖岸远眺，古道是一条绵长的线，在大山笔挺的陡壁上划过，上不着天，下不着地，似横贯长空的溜索一样，欲断欲坠，却又牢牢地横亘了千余年。

然而，真的踏上古道，却好像钻进了大山的肚子，头顶上是山，脚底下也是山，山壁伸手可触，里面有些幽暗，有些湿润；水珠，一滴一滴从石壁上滴下，落在行人的头发和衣服上。脚下的路面窄窄的，崎岖而湿滑；怒江，就在一侧崖壁下咆哮奔腾，可行走的人谁也顾不上去瞥一眼。

此路是古马道，当然绝无车行的可能。一千多年以来，人牵着马，马驮着货，就在这条路上一步一步走着，去西藏，到尼泊尔，到印度。这沉重而缓慢的脚步，一直走到了今天……

今天，我又这样一步一步走进了历史。我想在一千多年前，先人们是如何在这陡峭的石壁上生生地一锤锤往里面抠凿出这一条长长的山道来的？我深深地为这里各民族兄弟中的能工巧匠、开路英雄感到惊叹和骄傲。同时，我又想，也许这其中也融进了汉族人的汗水与辛劳。因为开辟西南的丝绸之路，也是我国历史上自汉以后许多皇朝对外拓展经贸文化交流的强烈愿望。

想到“汉人”，我不由得心中一跳——此行丙中洛，队伍里我这个汉族人是独一无二的“少数民族”。我知道这里是藏族、怒族、傈僳族等少数民族的聚居区，但这里也有汉人吗？为什么千年以来民族之间的文化传统、生活习俗等会一直牢牢地延续下来，难道它们之间就不能取长补短，随着时空的迁移而慢慢地完全融合吗？

心中这么想着，脚步就放慢了。这时带我们去秋那桶的向导——藏族小伙子小余忽然叫起来：“快走，这里不能停留，上面会掉石头下来的。”虽然是藏族，小伙子却说一口流利的汉语。

我一抬头，发现走在前面的丹增书记已经没影了。

丹增书记走路堪称一绝，不管是上坡下坡，也无论道路多么坎坷不平，他落脚都是轻轻的，快快的，似乎脚一踮地人就一下子过去了，好像有空气托着他在飞，无需两只脚用力似的。

小余这么一叫，我真的害怕起来，赶紧加快脚步，终于赶上了丹增书记，喘息未定，已经忍不住将刚才纠结于心的问题向他托出了。

丹增书记悠然一笑，伸手指指走在前面的小余："你问问他，就有答案了。"

看我仍有些迷糊不解，丹增书记又补充道："他就娶了一个你们汉族的姑娘嘛。"

"啊？"虽然这正是我要寻觅的故事，但我还是愣了一下，继而又想，现在的年轻人喜欢另类，标榜不求天长地久，只图眼前拥有，到这块奇特的地方来猎奇，倒也是可能的。但是这种婚姻能长久吗？

丹增书记好像看透了我的心思："他们小夫妻俩恩爱得很呢，而且，那姑娘还是你们江南的浙江温州人！"

我不由得用惊讶的目光盯住了小余。

小余竟被我盯得低下了头，但是脸上却禁不住露出了笑容。

这笑容灿烂极了。

于是，大家都打趣说小余是帅哥，吵着要他交代帅哥捕获美眉的经过。

小余仍旧只是笑。但我发觉，小余的确漂亮。他的漂亮不在于那唇红齿白的模样，而在于他的眼睛。那双又黑又亮的眼睛里总是含着蜜意，笑起来整个脸都甜甜地快乐着。

也许，就是这样甜蜜快乐的笑，征服了我们的温州姑娘吧？

三年前，就是在这条茶马古道上，温州姑娘小慧，再加上五位来自香港的女孩，一起跟着小余走（小余是他们雇的导游），一直走了四天，走到了西藏的那曲。从那曲玩罢回来时，还跟着小余走的，就只有小慧了。回到秋那桶小余的家时，两人该分手了。小余说："小慧，三月十五马上要到了，你再待几天，我带你到仙女洞去过鲜花节好不好？"

"仙女洞，鲜花节，听起来很美哦，有故事吗？"小慧问他。

"当然有啦！"在小慧的身边，小余永远兴致勃勃，"仙女洞里住着仙女阿茸，阿茸喜欢鲜花。阿茸的情人雪山太子总是骑着卡瓦卡博神马，捧着鲜花，去跟阿茸约会。我们现在过鲜花节，也要向阿茸姑娘献上各色鲜花的。仙女洞里堆满鲜花时，就有一滴一滴的圣水从钟乳石上滴下来，接了那水喝，就保你一年都有好运气。"

"太好了，那我们现在就去！"小慧跃跃欲试。

"不行！"小余拒绝得毫不含糊，"不到三月十五鲜花节那天，水不会滴下来的。"

"这是为什么？"小慧不解。

"那天有喇嘛来念经，念过经以后水才会下来。"小余说。

“喇嘛念经你也去啊？你不是信天主教的嘛？”小慧奇怪地问。

“这有什么啦！”小余不以为然，“仙女阿茸本是怒族人原始宗教里供奉的神，现在，藏传佛教也把它当做神祇了。仙女节，我们丙中洛人都要去过的，不管你信什么宗教。”

甜甜的笑容里，自有包容天下的胸襟和气魄，这让小慧怦然心动。

终于，从仙女洞接到了圣水，虽只几滴，已经足够；它似生命的全部，幸福的琼浆，小慧一饮而尽——可离别的日子还是到了——旅游结束，小慧要回温州去了。

小余说：“我会骑着卡瓦卡博神马来看你的。”小余的神马就是电话。小余当森林管理员兼导游的月收入约800元，可小慧离去后第一个月他给她打电话就花掉了600多。

于是小慧说：“都什么时代了，‘骑神马’太落后，还是坐飞机来温州吧！”

小慧说到做到，只花几个小时就从温州飞到了昆明去接他。可小余却花了几天才从秋那桶赶到昆明。小余第一次走进飞机的机舱时有点晕，可飞机让他长出了翅膀，晕晕乎乎就到了另一个世界。

小慧的家里有三幢别墅，四辆轿车，自然不缺钱，只缺真诚可靠的女婿。小慧的父母看小余，怎么看都是个老老实实的好孩子，就说，你先在我们的工厂里干吧！

小慧的父亲开了一家汽车配件厂，小余的工作是每天看着工人进厂刷卡。小余站在工厂大门口，只看见人，那么多人啊，进到厂里就不能出来了。小余觉得他们可怜，于是他只在早上看一看，下午嘛，马马虎虎就算了。但是小余得到的工资不少，一个月有5000元呢。空下来，小余闲不住，还把小慧家里养的鸡拿出去卖。小慧的母亲发话：卖鸡的钱也归小余。这样，小余又多了一笔收入。小余从来没见过这么多钱，他都不知道拿这么多钱怎么办好了。

小慧的母亲答应把女儿嫁给小余了。岳母随随便便地说：按我们这里的规矩，男家父母要带一点聘礼，上女方家来求婚的。

小余悄悄问小慧："按你们这里的规矩，聘礼是多少？"

小慧一笑："50万差不多吧。"

小余一下子傻眼了！他哪里去弄50万？这么多的钱，他连见都没见过。他知道，自己父母连来一趟温州的路费也拿不出来。小余傻愣了好久，干脆，把在这里挣的钱一共2万余元，全部恭恭敬敬地——算聘礼也好，算心意也好——交到了岳父母手上。

岳父岳母就接受了他的2万元——不是稀罕这点钱，而是满意这未来女婿的诚实。于是，他们给了小俩口一幢四层楼的大房子作为婚房。小余在这里享受的幸福不言而喻。小余也学当地年轻人的习惯，叫岳母老妈，叫岳父老爸。老妈对这个女婿也够呵护的。除夕的饭桌上，摆满了一盘盘上档次的海鲜。可女婿根本不伸筷子，却把一碗向来受到全家人冷落的红烧肉吃了个精光。自此岳母天天买了肉，给小余送过去，让他自己做来吃。

可小余还是对小慧说："我想家了。"

聪明的小慧一听就明白了原委，却故意撒娇："难道这里不是家？"

小余实在，不能说不是，但也不能说是。他太想秋那桶了，想秋那桶的蓝天白云，潺潺流水，父老乡亲……不错，这里的人都对他好，可这里总有一些东西，让他觉得格格不入。比如这里人办丧事，竟要坐在一起大吃大喝。家里死了人怎么吃得下去？还要请那么多人来吃……小余看不下去。小余对不喜欢的事不会说喜欢。小余心里想什么就说什么，可这里的人呢，心里想的和嘴里说的，常常是不一样的。

小余提出要带小慧回秋那桶。老爸老妈慌了。就这么一个宝贝女儿，哪能舍得她离开？老爸对小余说："你若肯留下来，我就把工厂的一半分给你。"

可小余还是坚定地携妻返回秋那桶。

这时正值盛夏。在小慧的家乡，大街小巷里不仅骄阳似火，数不清的空调机从家家户户的墙壁上向外喷吐热气。而秋那桶却如一块浸在清澈透明溪水里的温润的绿玉，以其舒爽、温柔的气息静静等待着从远方归来的游子。小余牵着小慧的手，走在从丙中洛到秋那桶的这条见证过两人爱情的茶马古道上，这时吻着他们眼目的都是绿：峰峦叠翠那青葱深邃的绿；层层梯田那麦子苞谷波浪般涌动的绿；核桃板栗那撑起片片伞盖似的绿；小草野花那处处散发着清香的绿……所有的绿都未褪尽春天的鲜嫩，像是一掐就能挤出水来似的。而那水，在怒江里奔腾，在山石上跳跃，在水渠里飞跑，在磨房里转啊转，哗哗，哗哗！在这神秘的怒江大峡谷里，到处都有水在唱歌。水的歌喉清冽悠长，于幽静中勃发出无穷的生机……

小余放下了小慧的手，他站定下来，深深地吸了口气：前面就是秋那桶。终于又回到自己的故乡了。他知道，自己结实强健的身体，清澈明净的双眸，是被秋那桶的风吹着、秋那桶的水润着滋养出来的……那么，小慧呢？他忽而又坠进了现实。跟他一起来到秋那桶的小慧会在自家的木楞房里抱着孩子，在火塘上烤荞麦粑粑吗？

小余不敢想，也不忍想了。不想，心里还是有一丝悸痛，两滴眼泪就滚了出来。

聪明的小慧立刻问："你怎么哭了？"

小余只好说："我高兴！我要让神山作证，在这里与你再举行一次婚礼！"

小慧问："进不进教堂？"

小余摇头："不进！"

"为什么？"小慧不解。小慧记得小余说过，天主教徒结婚都要进教堂举行仪式的。在他们的眼中，教堂里的仪式的重要性远远超过结婚登记。

这些，小余当然知道。可他想，一旦在神父面前宣誓——无论疾病、无论贫贱富贵，今生今世他将与小慧永远厮守、永不变心——不是不愿意，是太愿太想了。然而正因为这愿望太强烈了，他对小慧的爱超过了一个天主教徒对婚姻的承诺。他要像秋那桶碧蓝的天空一样，给小慧以飞翔的自由。

婚礼那天，小慧见丈夫身着藏袍神采飞扬，就说我也要穿藏服。

藏服？好啊！就怕你不肯穿。呵呵，家里早就给你准备好了！小余即刻捧出来，让自己的新娘换上。缀满美丽胸饰的无袖藏袍，衬着一个江南女子的粉脸藕臂，窈窕身段，小慧看上去美若仙女。小余和小慧的婚礼把乡里、县里的画家艺术家都吸引过来了，全村人跳了一天一夜的锅庄舞。

欢乐的庆典之后，就是天长地久的平常生活了。藏族人家，每天早上起来都要围坐在火塘边喝酥油茶。小慧在温州自己家中，早餐吃什么全凭自己的心情。她可以陪妈妈吃粥配肉松皮蛋花生米；也可以端一杯热气腾腾的牛奶咖啡，再来两片全麦面包；尽管为怕发胖，黄油起司是早戒掉了，可蓝莓果酱必不可少。或者干脆让妈妈给她下一碗虾肉小馄饨，一口下去眉毛都鲜得要掉下来。不过小慧对于吃什么其实都不太在意，她在意是氛围。家里的柚木大餐桌上铺着浆洗得雪白的桌布，桌布上还有餐垫，还有插在瓶里的鲜花。总之很小资的那一套她都喜欢。可是坐在小余家的火塘边吃饭，她真不敢抬头往上看，因为梁木被烟火熏得乌黑不算，还有凝聚成条的蛛丝污垢颤颤地挂下来，让人担心它们时时会掉进自己的碗里。小慧也不敢低头，因为小鸡在脚边啄，小猪在脚边拱；甚至还不敢分散注意力，因为苍蝇还在碗边飞。而盛酥油茶的碗，黄黄的，也不知道洗干净没有，婆婆端来的，只能喝了；一口喝进嘴，差点没吐出来。这就是酥油茶？一股说甜不甜、说咸不咸的味道太奇怪了！

小慧放下碗，走到屋子外面，深深吸了口气。秋那桶的空气，洁净得像水洗过一样；而秋那桶的水，又像空气一样透明得没有一丝污染和杂质。可是秋那桶却不能满足一个人对现代生活的要求。小慧讨厌屋子里面的火塘，讨厌外面的厕所，讨厌不能每天站在莲蓬头下沐浴……以至渐渐地讨厌那在难言的安静、简单、寂寞中过去的每一天。这里的男人弯着腰在田里躬耕，女人在家背着孩子喂猪做饭时那份怡然自得的表情，她看着心里很难过、很茫然，当然，也有一丝微微的感动。她明明知道秋那桶人已经完全融入自然，秋那桶人视生命如一棵树、一株草一样，在日出日落、星月交辉中绽放、成长、衰亡，周而复始，所以他们快乐，他们满足，他们谦和。当初，正是这一切以无比清新的魅力吸引住了她。

这究竟是怎么回事？小慧有点迷失了。这种满足和谦和，似乎使他们不思进取，没有一点改变生活的欲望。可她小慧不同，她是个要活出光彩来的女孩。她从小就特立独行，要不怎敢远嫁到这里来，老爸老妈也拿她没有办法呢？

当然小慧自知凭一己之力不可能改变秋那桶人的传统习惯，但是她要先改变与自己同床共枕的丈夫。好在丈夫因为爱她，听话得如同她的孩子一般。

不过，乖孩子也会犯倔，这不，一倔就被他带到秋那桶来了。现在，论到她犯倔了。她说："从今天开始，不许你抽烟，也不许喝酒了！"

丈夫不知她含嗔带笑里包藏的"祸心"，还要赖："烟可以少抽点，酒不能不喝。哪有不喝酒的藏族汉子？"

"为什么你们藏族汉子非要喝酒不可？"小慧反问。

小余一愣："不为什么呀。我们藏族人就是爱喝酒，这是我们民族的传统习惯嘛。"

"什么民族习惯？"小慧一笑，"你们一天天得过且过，只要填饱了肚子天天都像过节，一坐下来就喝，一喝就喝得天昏地暗，时间就这样一小时一小时地过去了，生命就这样浪费了。”说着，小慧稍放缓了些口气，“酒喝一点也可以，但是要有节制，在餐桌上不能强人所难，非要把人灌醉不可。有个口号叫时间就是生命，时间就是金钱，你懂不懂？在我们那里，没有一家的财富是天上掉下来的，都是辛辛苦苦打拼出来的。像你这样喝酒抽烟游手好闲，一辈子也别想富起来！”

小慧的话把小余打蒙了。小慧家乡的状况小余的确见过。回来的时候还曾经信誓旦旦的向岳父母保证，要在秋那桶闯荡几年，要干出一番事业来。也正是这保证才使他们同意他带走自己的女儿，还给了他 30 万元的启动资金。可小余回到了秋那桶就像鱼儿回到了水里，只顾快乐地游。你能说鱼在水里游是虚度光阴吗？不是！可小慧认为是。

既然小慧说是，小余不得不认真想想了。哎，小慧的话也许是有点道理。因为我小余不是鱼，我要为自己说过的话负责。于是小余便觉得自己是有点错，但又觉得并不很严重。小慧也太危言耸听了。于是他就嘴硬：“你说财富，哪个地方的人比得上我们秋那桶人拥有的多？蓝天白云，绿的山绿的树绿的草……你们那地方的人，再有钱也买不到。”

为了证明自己的话有道理，他居然侃侃而谈起来：“我从小就学汉语，读的是你们汉人的书。我还记得我看过一本图画书，里面讲某天有人路过一棵大树，见树下躺着一个叫花子，就忍不住上前去叫醒他，说这么好的天气你为什么躺在这儿，辜负这大好时光？那叫花子问他，那你在干什么？那人说我在努力工作，我在不停地赚钱啊。叫花子说，你赚了钱干什么？那个人说赚了钱我就去度假，到海边去享受阳光、空气……叫花子把脚一伸，两手枕在脑后，望着那个人说，你看，我已经在这里享受了。”

小慧被小余噎了一个跟头。她想小余现在也许就是躺在树下的那个叫花子。他一定认为躺在树下没什么不好，可我就是不能让他躺下。小慧刁蛮起来：“我不跟你耍嘴皮子，现在正式向你宣布，我们的奋斗现在开始——在丙中洛办一家服装厂！”

小余一听，马上就问：“要做藏袍吗？”

小慧莞尔一笑：“稍带做些藏袍也不是不可以，但是我要办的服装厂是要引进几个外国品牌。我已经观察很久了，这里的人平时都穿汉族服装，但是整个丙中洛没有一家品牌店。所以我要做这件事，以后让丙中洛的女孩子都穿上我们做的衣服，都打扮得时髦漂亮。”

小余一听又是品牌又是时髦，立马头就有两个大了。他在温州街头见过，那些女孩子穿的衣服不是露肩就是露腿，不是露腿就是露肚子，反正不把身体的大部分露出来不罢休，包括小慧也是这样。她穿的衣服、鞋子可以报出一连串的牌子来。那是在大城市，在人家那里，小佘不敢保守，既然那是时尚，既然小慧喜欢，那就让她去穿吧。可如今竟要在自己的家乡做这样的服装，他不要被自己的同胞们骂死？他记得本村开旅店的刘大妈见游客中有女孩子穿露脐装上街，穿三点式下水游泳，就说："把肚脐露在阳光下的是畜生，我家的狗肚子上还长毛呢!"于是他拼命摇头反对。

小慧问他理由，他不说，只是两只黑眸一闪，冲她微微笑。她恼了，纤纤玉手点在他额头上："笑，笑，你只会笑啊?"她似乎全然忘了，丈夫最初吸引她的就是这纯真无邪的甜美微笑。

小慧无奈，一时又想不出更好的招数来对付小佘，只好宣布绝食。她说你什么时候想通了同意办服装厂，我就吃饭，想不通我就不吃！这一招够狠。自打小慧来到秋那桶，一日三餐都是小佘亲手做的。除了小佘以外，小慧对别人手里摊出来的荞麦粑粑充满疑虑。现在小慧不肯吃饭，小佘急得眼泪也掉下来了。想想小慧实在已经是个随遇而安的好女孩了。在温州的时候，她带他吃遍了精致可口的江南小吃。直到如今小佘都会想念那些难忘的美味。他还记得那地方的人把包子做得一个个只有板栗那样大，一咬就喷出鲜美的肉汁……可小慧从来不提这些。小慧喝不惯酥油茶就喝点白开水，咽不下荞麦粑粑就只是吃碗面条而已。小慧甚至还赞美这里的琵琶肉好比那边的金华火腿。

现在，小慧都饿一天了，怎么办呢？

小余想了想，抄刀将家里最肥嫩的一只母鸡杀了，加进许多牛肝菌炖了一锅汤，浇在下好的面条里，如此做法已跟江南的鸡汤面相差无几了。至于鸡身上的部件嘛，小余割了两个翅膀放在面上。他左看右看，还是觉得不满意，就用筷子拨了拨，让这对翅膀的翅尖各朝两边展开，看起来就像振翅欲飞的鸟儿一样。小余觉得这样摆着特好看。他知道小慧喜欢在生活细节上翻些小花样，弄些小点缀。小余这才兴冲冲把面端给小慧。可小慧一看就翻脸了："你什么意思？想叫我飞走啊？"

小慧的恼怒，好像已经跟服装厂无关，而且还是不想"飞走"的意思。换了小慧自己家乡那边的男人，听了早在心中窃喜了。可小余还是一脸诚实的委屈："我哪有这个意思？我只想你喜欢吃鸡翅膀嘛！"

没错，鸡胸鸡大腿，在小慧的嘴里都是"呆肉"，只有翅膀才是活的。自幼，家里杀了鸡，爸妈都把被称为活肉的翅膀留给她啃。如今丈夫疼她如父如母，不是不知这份情，而是嫌丈夫冥顽不化没出息。

小慧瞅了一眼香喷喷的鸡汤面，她还想不吃，再难难这傻瓜。可面实在太香了。在温州的超市里，鸡翅膀可以一买十几个，那种人工喂养出来的鸡翅没有鸡味。秋那桶的鸡在野地里刨食，晒着秋那桶的阳光长大，其鲜美程度是她家乡的鸡所望尘莫及的。

小余见小慧的态度已有松动，就笑嘻嘻地说："你快吃，吃完了我有好消息告诉你。"

小慧以为他同意办服装厂了，为了证实，她就把碗一推："不行，你先说，说了我才吃！"

"好好好，我说——"小余只有屈服，"你不是不喜欢屋里烧火塘吗？我跟我爸爸已经谈好了，我们另外盖座房子，全按你的要求设计，你说不要什么就不要什么，你说要什么就要什么。"

小慧有点高兴了："不要火塘，要厨房，要卫生间，要沙发，要衣柜和书橱，要席梦思床垫……"

小余只顾胡乱点头，小慧说什么都答应，好像能给小慧一幢温州那样的别墅似的。

小慧反而怵头了——别的不说，就这沙发和席梦思，难道能从茶马古道上运过来？

小余却胸有成竹。他告诉小慧，离这儿十几里地的雾里村寨，有个从四川来的汉族小伙子，做了雾里怒家人的上门女婿。四川小伙是个木匠，你要什么家具我都可以请他来打。

小慧知道雾里，那是个有名的"美女村"。但村里的美女都纷纷嫁出去了，竟会有像她一样又痴又傻的手艺人"嫁"进雾里？小慧半信半疑，可小余说："那四川小伙的木匠手艺顶呱呱，人也很好。他教雾里的小伙子木匠活，先后带了十几个徒弟，可雾里人干了十几天就都不干了，说木匠活太难，太累。那四川小伙子没办法，现在什么都自己干。他家的房子，全是他自己一个人在造……”

“停！”小慧不客气地打断了小余，“再普通的房子也是一栋房子，一个人怎么盖？我不信！”

小余说：“你先吃了饭，明天我就带你去看。看看他造的的房子什么样，我们也参考一下嘛。”

这个主意不错。小慧很乖地吃了面，第二天就跟小余上雾里去了。

雾里跟秋那桶一样，到处是清泉奔流，喧闹的水声衬出了一派世外桃园似的静谧，而雪山衬着蓝天，一片厚敦敦毛茸茸黄绿色的坡地上，散落着一栋栋灰色石片盖顶的屋子，如此随意又如此协调，看起来让人赏心悦目。

小余和小慧先进了四川小伙的家。小慧一进门就看见了火塘，可一眼望去，她就知道火塘的使用频率不高，因为梁上烟熏火燎的痕迹不重，火塘边的柜子上还放着电饭煲、电磁炉等厨房用具，梁上挂的是几条腊肉，而非本地的琵琶肉。

小余兴致勃勃地跟四川小伙谈自己要造新房的事。四川小伙的兴致也很高：“我带你们去看看我正在造的房子。”

原来此处是旧居，新房尚在建造中。

一行人出门走了一段路，站定下来，小慧就忍不住发出了惊呼，天哪，眼前结结实实的三大间：石片盖顶，合抱粗的原木垒墙。走到跟前，还有一股清香之气飘来。小慧吸吸鼻子："真香！"

四川小伙伸手抚摸了一下那作为墙壁的粗壮原木："都是上好的木头啊！"

都是些什么好木头，四川小伙没说，小慧也不问。用去这么多好木材，小慧有些心疼。但小慧知道，这里人家用榧木来做猪槽平常得很。榧木做猪槽不为别的，仅仅是为了长年累月不会朽烂。四川小伙建屋的木头必定珍贵。四川小伙看那些木头的眼光可以用脉脉含情来形容。他说这栋房完全按当地的传统风格建造，但用料讲究做工精细，他要让它结实好看得就像是山体的一部分。当然造这样的房子累人，他一个人孤独地造了三年，现在还没有完工。

小余问他什么时候能造好？他说他现在得了强直性关节炎，有些活只能慢慢干，所以还真说不出什么时候能完工。但他不急，房子嘛，总有造好的一天。他说他非常自豪全凭自己的双手，要造出雾里最好的房子。他喜欢雾里，雾里让他忘记了以前沧桑痛苦的经历。虽然因为病，现在他的腰背有些弯，但他的精神是安宁的。因为这里现在又回到了从前，没有人偷，没有人抢，也没有人与人斗，他夜夜睡得踏实。他要在这里传宗接代并终老。唯一的遗憾是妻子给他生了两个女儿——女儿们很乖，都在丙中洛读中学了。可女儿毕竟是女儿，将来要嫁出去的，他这份家业传给谁呢？要是有个儿子就好了，唉！

听了四川小伙这番话，小慧讶异不已。她想自己家里还有那么大一个工厂呢，父母也就她一个女儿，从未见他们担心过家业的传承问题！同样是汉人，人和人是多么的不同啊！毫无疑问，四川小伙已完全融入了雾里，尽管他用电饭煲煮饭，吃四川腊肉，但本质上已是一个雾里人了。那么她呢？她会不会成为一个真正意义上的秋那桶人，像一滴水，完全融进了怒江，消逝得无影无踪？她摇头，她想她肯定不愿意。但她的心有点儿痛，这痛是因那四川小伙的追求所引起的。回家的路上，她一声不吭。小余问她想把房子盖成什么样，她突然说："我想服装厂就不办了，现在办服装厂条件还不成熟。"

小余一听心里乐开了花，但还没顾上说点什么，小慧已经话锋一转："我决定先办一个砖瓦厂。"

"这又是为什么？"小余不解，"我们先把自己的房子造起来再说嘛。"

"就是因为要造房子我才想起要办砖瓦厂。"小慧终于将自己的思路理清楚了，"你看那四川小伙盖房子用的什么材料？石材、木材！不错，你们祖祖辈辈都这么盖。可以前人少，现在旅游观光发展了，来的人会越来越多，需要的房子也越来越多。大家都这么盖房，有一天石片挖光了、大树砍完了怎么办？你不要说我危言耸听，现在碧罗雪山靠澜沧江的那一边，都已经是秃山了。”

小慧的一番话让小余背上流汗了。是啊，没有树的山还是神山吗?

小慧又说：“所以我们要办这样一个厂，造砖头、打彩色瓦片，如果大家都用我们的砖头瓦片造屋，山上的树木和石材就保护下来了。”

小余顿时惊呼：“天主啊，我的妻子脑壳怎么这样灵?!”

如今，小余和小慧的砖瓦厂已经办了一年有余了。

小余跟我说完这番经历时，我们已走完那段茶马古道来到了秋那桶。沐浴着秋那桶四月的暖阳，我问小余：“你们的新房也一定造好了吧?能不能带我去看看?”

小余很爽快地把我们一行人都带了过去。于是我们看到了坐落在如茵绿坡上的那栋小平房。远远望去，式样跟村寨里的其他房子没什么区别，到跟前才发现，房子是砖瓦结构的，走进去，不见了传统的火塘，屋顶和墙壁也不见了烟熏火燎的痕迹，空间十分敞亮。进门一圈简易的蓝白格子布沙发，沙发对面放着洗衣机、矮柜、书橱，再过去就是梳妆台和一张靠窗而立的大床了。新房的格局跟本地的已有很大不同，但跟大城市那些精装修的商品房比，仍然是乡下的丑小鸭呢。新房内也空落落的，不见女主人的踪影。我的心没来由地“咯噔”一下。这时小余在旁道，最近丈母娘来了，小慧陪她老妈到丽江旅游去了。

我松了口气，看来这段婚姻仍维系得不错。从小余的口中我又得知，小慧每年都要回温州去住些日子的。小慧住秋那桶时，每天吃了饭就在这间屋里看电脑，一看就是大半天，见到村寨里的人，也只是点头一笑，不太爱招呼。村里就有人揣测，老余家肯定不开心，娶了个汉人媳妇一天到晚只会看电脑，要是全国人民都像她那样只看电脑不干活，国家主席要愁得脑壳疼了。

听到这样的议论，丹增书记哈哈大笑，对小余说：“我们要去采访你父亲，问问他的脑壳疼不疼？”

小余父子的住房并不紧挨，又走了十来分钟才到“老余家”。坐下闲聊几句后，丹增书记就单刀直入，问他是不是娶了个会令他脑壳疼的儿媳？

岂料老余立马严肃起来：“不要听人瞎讲，我这个儿媳是汉族，汉族人跟藏族人干的活不一样。我们干活是喂猪种田，汉人干活就是看电脑。我这儿媳妇不仅勤快，出的主意也好。以前我们丙中洛的神山上有座接水洞，一个从海外来的老板说洞里面有羊脂白玉石，搞些炸药就把洞给炸了，这一炸把我们丙中洛人的心都炸碎了。可我这个儿媳妇不一样。她说要把山上的石头都保护起来，把树木都保护起来，叫我们不要挖山造房子，不要砍树烧火塘。她是在为我们丙中洛的子孙后代着想啊！娶到这样的儿媳妇，是我老余家的福气，也是丙中洛人的福气啊！”

“可是你们祖祖辈辈都用木头石片盖房子，这是你们的传统呀！”我说。

“这个问题我也是想了好久——”老余说，“我没多少文化，我不知道传统是什么？但我琢磨传统也不是什么都好；传统也是可以有改变的。我们这里山好水好人也实在，可是传统上不太讲卫生，鸡呀狗呀猪呀和人待在一起，的确是不干净。再说，我们的生活总不能满足于现在这个样子，总要让孩子们一代比一代过得好。这就要像我的媳妇那样去看电脑，去学点外面的新鲜知识和本领，不能一直躺在传统上一点也不变化。只要往好里变，传统还是传统。”说着，他又伸手朝前一指，“比如这怒江水，在西藏的雪山流下，从石门关呼啸奔过，在桃花岛跳锅庄舞似的扭了一下身子，又冲向两岸峡谷，可是当它奔出国门后，变成了伊洛瓦底江，又像一个温柔的姑娘了。无论她气势汹汹还是温柔可爱，只要它给当地的百姓带来好处，它就是为那里的人留下了好的传统……我娶到这么好的一个儿媳妇，怎么会脑壳疼呢？”

余老爹的一番话，竟使我一时无言以对。回到旅馆里，躺在床上，我想，一个多民族国家，民族之间的融合是个大课题。我们非常强调尊重民族传统，有许多对民族传统的照顾和优待政策；然而，我们常常又把这种传统当做猎奇和展览，而恰恰忽略了在文明进程中的齐步前进和心灵里真正的平等对待。于是，本来自然的发展却反而变成了差异和隔阂；如果不管哪个民族和地方，只用一个标准，大家都摒弃落后、自私和急功近利，保留淳朴和宽容的爱心，让文明的脚步自然地前进，它就必然会似奔腾的怒江水一般，融合两岸的一切，根本不需要为它筑一道堤坝或加一道护栏，在它自然的奔流中，两岸必然会滋润出一处处风光秀美景致来的；它的目标，也一定是奔向人类文明的大海——不管它是印度洋，还是太平洋。

四 宝岛行脚

>>>

众人皆醉我独醒

——台北访胡秋原先生

1996 年初夏，我随中国作协代表团访台。一踏上宝岛的土地，徜徉在台北的街道上，忠孝东路的繁华、中央新村的幽静，仁爱路上亭亭如盖的椰树绿荫，都给我一种既新鲜又亲切的感觉。无论是在“中央大学”的讲台上，还是在东海大学黄昏的校园里，抑或在“阿门”的祈祷声中与卫理女中的花季少女们共进午餐，我从未有过生疏之感。而充溢在心头的，总是浓得化不开的亲情。

活动安排自是紧张。好客的主人起得早，睡得晚，中午也不歇一会，客随主便，感动之余眼皮不免打架。只是无论怎样累得迷糊，我却十分清醒地记得有件私事必须做，那就是拜访胡秋原先生。

1990 年我的长篇小说《呜咽的澜沧江》在台湾出版时，他们同时还出版了一本评论集《两岸文学互论》。在“互论”中有一篇万余字的长文，是胡秋原先生评我这部小说的。先生还托人带信来说他十分关心大陆青年人的命运，有话要对我说。我便写信向先生致意。他很快回了信，苍劲有力的大字布满了五大张纸，信中他告诉我他将在 1995 年秋后再来大陆，并说要到上海来看我。

当时正是 1993 年岁末，一年多的期盼我板着手指算。但 1995 年过去了，未见他成行，却收到了他托人带来的厚厚的两本《胡秋原传》，还在秋夏之际从电视里看到了他的著作《中华心》在北京首发的仪式。

我立即去信向他祝贺，并告诉他我将访台的消息。很快我收到了回信，照例是大大的字，笔触力透纸背。信中说“我不能到机场去接你，你到后打电话给我，我一定来看你。”看着信，我的心被热乎乎地感动着。以先生的高龄，我作为晚辈，哪能让他来“看”我呀！

而我终于成行，则又过了半年多。此时上海春意正浓，台北似乎已进入了梅雨季节，天天闷热有如初夏，忽一日风雨交加，又凉飕飕的了。如约来到胡先生所居住的新店中央新村时，连绵了一天的雨脚刚刚扯断。雨停了，雨意还滞留在空中，柔白的雨云漫然笼压着一栋栋小楼；偶然探出人家院墙的石榴花，红得单纯，红得朴素。

原来这有石榴花的院子正是胡先生的家。院门开处，一种似曾相识的亲切感扑面而来——在江南，油菜花刚谢，石榴花则要再过两个月才开；突然走到了季节前面，快乐里有了一份蓦然回首的期待。不知期待什么，但感觉因此变得格外灵敏：只见院内铺展的花草有齐膝深，叫不出名目却璀璨地亮成一片，在一派细雨中勃发出盎然的生机；院角有株槟榔树直直挺立，宽大而清翠的叶子上滴着水珠。

抬眼望去，一位老人正在门口眯着眼向我微笑。他白皙、瘦弱，但身架是颀长的，更因为站在台阶上，感觉上高得须我仰视。没有人向我介绍，没有意气风发的神态，但我一眼认定，他便是胡秋原先生。他的白发，他的微笑，他的仿佛被春光刺得睁不开的双目，在老人特有的慈祥中透出淡淡的女性似的温婉和善良，令人感到，这是一位从来不会咄咄逼人的绅士。

使我微微惊讶的是他的衣服，一件棉布上衣，墨绿色的格子，那么家常又不同寻常。这不失抢眼的颜色跟满院明媚的春光对应着。

我被引进客厅，见过胡夫人，落座在沙发上。客厅宽敞明亮，舒适而温馨，四壁的字画，无言地泄露着主人的性情：儒雅、祥和，没有一点奢华和浮躁的气息。

“终于来了——”先生感慨道。

“终于来了！”我低头应答，竟一时无言，不知说什么好。

“我寄给你的《胡秋原传》，你看了没有？”先生望着我问道。

“看过了。”我回答。看完两本一百多万字的《胡秋原传》，我才对先生有了个较全面的了解。

胡秋原这个名字，我以前只是在文学史中读到，他是被当时的“左联”批判为“自由人”、“第三种人”的反面人物。其实那时他认为“文学创作必须有自由的心灵”、“文学不是政治的留声机”这样的观点，现在看来恐怕是很少有人会反对的了。但当时遭受到的围剿是十分严峻的，还被扣上了“托派”的帽子。那年他才 19 岁。

为了寻找半封建半殖民地中国的出路，1929 年，年轻的穷学生胡秋原赴日本早稻田大学求学，开始研究普列汉诺夫和马克思主义。为了挽救民族的危亡，抗日战争的关键时刻，他赴莫斯科，在那儿协助王明起草了关于建立抗日民族统一战线的中共“八一宣言”。而宣言中团结国民党共同抗日的建议，正是他向王明提出的。他又受王明之托，出面联络了国民政府驻莫斯科大使馆武官邓文仪，请他将“八一宣言”的精神转达给了蒋介石。此前，人们只知道“八一宣言”是毛泽东带领红军在长征途中发出的。而实际上，当年（1935）红军长征途经毛尔盖时，得知了此文件，还以为是蒋介石假冒共产党名义搞的阴谋呢。为此，这年 12 月初，红军派了胡愈之、潘汉年赴莫斯科了解情况。两人在见到了胡秋原后才知道，这是王明遵照共产国际的指示精神起草、并以中共名义用多国文字向全世界发布的。胡愈之回国汇报情况后，中共中央才在瓦窑堡召开会议，按照“宣言”的精神，通过了关于《目前形势和我们的任务》的决议。

当年周扬得知“八一宣言”的精神后，在上海宣布解散“左联”，提出“国防文学”的口号；而以鲁迅为首的一些左翼文学家由于不了解内情，另外提出了“民族革命战争中的大众文学”的口号与之对抗。在莫斯科的王明得知此情况后，就请胡秋原设法通过陈铭枢邀请鲁迅赴莫斯科，想对鲁迅进行解释。虽然因鲁迅病重未能成行，但深受左联攻击围剿的胡秋原，为了抗日的民族大义，捐弃前嫌，伸手协助促进左联的团结，这气度也令王明钦佩。

抗战后期，美国背着中国与苏联签订了雅尔塔密约，以出卖中国的民族利益，换取苏联出兵东北。国民党政府在美苏的压力下只好屈从。而作为一介书生的胡秋原却拍案而起，发表了《参政员胡秋原对中苏谈判的声明》，并赴美国大使馆责问大使赫尔利。为此他被蒋介石下令“革去本兼各职”。

抗战胜利后，他呼吁取消国民党一党专政，主张中国在自由民主的框架下改善民生，发展民族资本，走工业化的道路。

到了上世纪 80 年代，台独势力甚嚣尘上。胡秋原又一次挺身而出，成立了中国统一联盟，为中华民族的团结统一奔走呼吁，并以国民党员的身份率先赴大陆访问，成了“两岸破冰第一人”！但台独分子对先生的义举恨之入骨，宣称要对他处以“死刑”；而当时的国民党主席李登辉，也宣布开除他的党籍和立法委员的职务。

“看了我的书，你有什么想法?”先生的问话打断了我的思路。

“先生的经历丰富，思想深邃，真是了不起!”我一时无法全面评价先生的书，只能支支吾吾地说。

“其实，我的一生也没什么建树，只是写了不少的书和文章，而我的文章也不是美文，只以一个中国人的资格，把我自己关于我们伟大而苦难的祖国的一些思想写下来，供当世和后世参考。我因为看得比较多，所以不迷信。不迷信美国，也不迷信俄国。我的思想一部分得自前人与外国人的启发，大部分是我自己苦心思索而得。”先生浓重的湖北乡音，是舒缓、从容的，却有着一种不容拂逆的执拗力量。注意到他一再强调的“自己”，我不能不感慨数十年来，我们大陆知识分子所一再被否定的“自我”。

谈至此，我固然有极浓的兴趣想了解先生的学术思想内核，可也自知自己学识浅陋，先生思想的精髓非三言两语所能讲清。不过，先生还是和悦而耐心地满足了我的求知欲：“我创立了我的‘理论历史学’，它有三个部分。一为方法论，这要由人与观念，社会内外环境之因缘生克关系看历史之可能发展。二为价值判断论。人是创造文化的动物，要由生命与文化之目的求真善美之标准。三应由中外历史文化的比较研究中，看各民族文化兴衰治乱之故，和中国文化在世界上的地位及其变化原因。然后，由此三者研究中国历史之可能发展，并选择适合于中国人的前途。我自80岁开始交掉各种杂务，专心写作《古代中国文化与中国知识分子》。此文中所用的方法，以及主张超越传统主义、西化主义、俄化主义而前进，来解决中国出路，都由理论历史学而来。”

先生娓娓道来，思路清晰，逻辑缜密。窗外的暮色如烟如雾，不知何时又降的细雨在风中时断时续，宛若生命的一道忧患背景。我有一点恍惚，想到如海浪般泛滥于我们身边的物欲情欲，倒觉此时此刻如置身化外梦中。也许上千年来，中国古代和现代知识分子“济世明道”的愿望，便是一个长梦吧。然而有梦总比无梦好。在如梦似幻中，我注视着先生，他的神情依旧的宁静淡泊，依旧的和蔼慈祥。

谁说理论是灰色的！秋原先生永不衰老的精神永远焕发出青春般执拗的美丽！我痴痴地想。

“我两次去大陆，与大陆的学术界、社会科学院和马列主义研究所的人士座谈。我很高兴很多人看过我的《一百三十年思想史纲》，赞成我的超越论。”先生意犹未尽，“我之所以在1988年就去大陆，是因为我当时就快80岁了，所幸眼耳还灵敏，记忆力未衰退，也还能演讲谈话——再过几年就很难说了。”

先生言语中的感叹是显而易见的。1988 年他访问北京大学，面对济济一堂的师生慷慨陈词：“大陆在极短的时间内，能制造原子弹、氢弹和使卫星上天，说明中国人能强；台湾的经济建设，能成为亚洲四小龙之一，说明中国人能富。如果我们中国能够统一，就很快可以富强起来！”话音刚落，全场掌声雷动，经久不息；台上台下，坚冰消融，春水流淌，夺眶的泪水冲破了心与心的隔膜，以致先生几欲再说，却在热泪和掌声中难以继续。

我又问：“您现在还在写作吗？”

“当然，”先生很肯定地回答，“我还要将 130 年的中国思想史，增写为 160 年的中国思想史，现在正在写“文革”以后邓小平改革开放的成就。特别是近 20 年大陆的情景，我是要加进去的。这以后我就不想再写了。”

接着，先生又谈了对大陆主张“发扬中国文化传统、促进思想统一”的观点的赞扬，对种种失误的批评，对于“再建一个理想中国”的条条建议，言之谆谆，给我的感觉如同“精卫填海”。想想先生毕生为寻找中华民族的出路，写下了两千多万字的著作，那又是怎样呕心沥血的奉献啊！

“我有一个意见。”先生忽然说，“我认为三峡水电站不能建。三峡计划是孙中山最早提出来的，那时没有环保学知识。现在我们有了这方面的知识，上山打死一只蝴蝶，都要考虑对我们的生态环境发生什么影响，何况三峡！”

我顿时一愣，全然没有想到先生会提出这么一个“意见”来。如今大陆文坛，讲的是先锋前卫后现代，还有新写实新体验新状态新历史新表象……但没有人讲三峡！人们也宁可去谈股票谈房子！

“三峡一旦动工建成，将来会发生什么，谁也不知道啊！”先生叹息着，做着手势，忡忡忧心溢于言表，“我老了，也许看不到了，可是我们的子孙后代……”

我深深地垂下头，不知道说什么好。先生那一颗殷殷赤子之心，对国家对民族的挚爱深情，令我激动不已！

然而再过一天，我就要飞离台北，自此一别，也许今生无缘再来了。纵使魂牵梦绕，思念也只能寄清风、寄海浪，寄照亮秋原的一脉阳光了。

我抬起头来，望着先生：“我想……要一本您签名的书。”

“我送你一本我的《中华心》。”先生爽快地回答，“我给你去拿。”

他站起身来，朝客厅后面走去，忽然又转过身，笑眯眯地向我招手：“来，看看我的书斋。”

我跟上前，走进一个跟客厅相隔的小天地，只见这儿除了一桌一椅之外，差不多全是书——桌上桌下，橱里橱外，从地上一直堆到天花板。在这重重叠叠耸立的书山中间，可供人行走的只剩“一脚”小径。我真担心先生会在其中磕了碰了。可他在“书山”中行走自如，比在宽敞的客厅里还要灵活敏捷，一伸手就取出了要拿的书——这是一本淡黄色封面、北京社会科学文献出版社出的《中华心》。

“这儿就是我每天写作的地方。”先生怡然坐在书堆中对我说。我深嗅着扑鼻而来的书的气味，环顾四周，发现这里光线暗淡，大概是与前面客厅相隔的缘故吧，只怕大白天也得开着灯写作。在堆满书和手稿的书桌上，可利用的也就是能容双手移动的方寸之地了。而这方寸之地里所诞生的，是“中华杂志”，是“思想史”，是每日常新的绿色希望。我想我是要好好看一看，看看这张桌子，看看桌上的台灯……这时先生坐到桌前，伸手取了一支笔。我想先生是要为我签名了，可是光线这么暗，他能看得清吗？我不由得提醒道：“秋公公，打开台灯好不好？”

谁知先生却摇摇头：“没有用，这只台灯坏了十几天了，开不亮了。”

原来是这样。我真遗憾自己不是一个电工，不能为先生马上检查一下这只台灯的毛病。我怀着歉意看先生借着客厅那边透过来的灯光翻开了《中华心》的扉页，看他在幽暗的微光中握笔。突然，奇迹发生了——台灯在这个瞬间大放光明，雪亮的光芒一片好心地照着先生和先生的著作。我惊喜地叫出声来："台灯亮了！"

先生看看灯，又转过脸来看看我，好奇又好玩似地："怎么就亮了呢？"

是的，怎么就亮了呢？

不过既然亮了，又何必问为什么。光明降临在这斗室，如同阳光落在丰收的田野。先生的喜悦和农夫一样单纯、充实而明亮。从已逝的岁月里，我追随着自己的影子攀援而来，也许就是因为，我始终携着一盏尚未点亮的心灯。

告别先生是在晚饭以后，我向大门走去，却不能自禁地频频回首：只见在夜雨飘拂的小院里，那雨丝、那花草、那宽大而精美的槟榔树叶，都被廊前的灯光映得迷茫而青翠。身着绿格布衣的先生仿佛站在绿色春天的尽头，举起的手臂浮现在一片湿润的浓绿之上。那意味透着坚强和执著，也有些孤寂与落寞。

我回到上海，这里的石榴花也盛开了。忙乱一阵之后，蓦地发现，街头巷尾多了卖粽子的摊头，不由得记起，一年一度的端午节又要到了，该给先生寄生日贺卡了。

从商店买来的贺卡，怎么看也免不了一种俗气，如果可能，我真想用碧绿的苇叶和清澈的水波为先生制作一张生日卡。据说，屈原被流放之时曾在湘江边踽踽独行，碰上一位老渔翁。老渔翁见他形容憔悴，吃惊地问："您不是三闾大夫吗？怎么变成了这个样子？"屈原仰天长叹道："举世皆浊我独清，众人皆醉我独醒！所以我被放逐了。"老渔翁不以为然："既然大家都不干净，你也随波逐流好了，何必自讨苦吃，弄到这步田地呢？"屈原却说："我宁愿跳进湘江，葬身于鱼腹之中，也不能让世俗的灰尘弄脏了我的身子！"老渔翁听了顿时无语，过了好一会儿他才用桨敲着船梆，唱着歌离去了。那歌声穿过一个又一个世纪，流传至今："沧浪之水清兮，可以涤我缨；沧浪之水浊兮，可以濯我足……"

可如今，我们能到哪里去掬一捧可以涤缨的清水？面对一团浑浊的黄河巨龙，我们到哪里去寻觅一颗属于中华民族的赤子之心呢？

先生于 1910 年五月初五生于湖北黄陂。两千年前的这个日子，屈原写完了他的长诗《哀郢》之后行吟在汨罗江畔，为楚国的前途和人民的命运发出了最后的悲歌；两千年后的今天，先生仍在为未来中华民族的自由统一和繁荣殚精竭虑、泣血歌唱！

历史如何会有这样的轮回！

归家的感觉

我离开在花莲的慈济静思精舍，是在一个细雨濛濛的下午。

自花莲开往台北的自强号列车即将启动时，送行的怀师父递来几个藏青色印有淡黄莲花标记的“环保袋”。袋子沉甸甸的，一摸还热乎乎，打开一看，原来里面装的是刚做好的便当（一种快餐），还有饮料、糕点。我的心也随之发热：“这怎么好意思……”

与我同行的陈若曦教授倒颇自在：“拿着吧，这是慈济的规矩了。”

“慈济的规矩？”我不解。

“是啊，慈济就像一个大家庭。我每次来到这里，就有一种归家的感觉。每次上路，这个家就会为我把一切准备周全。”说着，她又补上了一句，“慈济对每个人都是这样的。”

我抬起头，望着雨湿的天空，眼眶里也有微微的湿润。我来这里是应台湾佛教慈济功德会所属慈济医学院的邀请，与该校师生谈我的小说的，因此，下榻在他们的静思精舍，与许多出家人同住在一幢白色的小楼里。

住在这里的三天，我参观了他们的极现代化的医院、医学院、护士专科学校，看到了来自社会各阶层的志工在医院里义务为病人服务，也看到了那些剃度过的女尼在各类加工厂里做蜡烛、做食品……唯独没见供养菩萨的庙宇，也没见有人烧香拜佛。为此，我有些惊讶，问接待我们的慈师父："庙在哪里？佛在哪里？"

慈师父笑吟吟地回答："佛在我们心中。"

见我一脸愕然，她又道："师父说，佛前的灯不必刻意去点，只要常把心中的灯点亮。"

继而，她再解释："师父说，诵经不如听经，听经不如讲经，讲经不如行经。"

这"师父"指的就是慈济功德会的创始人证严法师。原来证严法师提倡的是"佛教生活化，菩萨人间化"。在她的引领下，许多平凡的家庭妇女做了大量不平凡的事，开创了以"慈、悲、喜、舍"为宗旨的慈善、医疗、文化、教育四大志业，让人的生命活出了光彩。在慈济的短短三天里，我听证严法师做过两次报告。一次是关于捐赠骨髓和遗体的——她以轻柔的嗓音告诉大家，人生没有所有权，只有使用权利，因此人需在能够发挥自己的使用权时，尽快发挥；到了最后的时刻把自己的躯体献给医学，为发展未来的医理、药理而奉献自己；如此，生命便没有一点浪费，也真正体现了佛教的“惜福”理念。还有一次是关于为大陆赈灾——她说：“普天之下，没有我不爱的人。我们和大陆同胞，终究是同宗同祖的一家人。同胞有难，我们怎能袖手旁观?!”

应该说，这两次报告都使我受到深深的感动，也使我对佛教有了一种不同以往的新的认识。然而不管怎么说，人在剃度受戒之前是“在家”的，而经过这道仪式之后，就算是“出家”，不再是在家人了。如此，怎么能把慈济比作“家”呢?似乎是针对我的疑虑，开车为我们送行的那个身穿着灰袍，肩上还搭着一根乌黑长辫子的女孩在旁开口道：“我们上人就像慈母一样关怀着一切认识不认识的人——真的是一切天下众生啊！两年前，我根本不知慈济是怎么回事。有一天我乘车到花莲去旅游，不料途中道路遇暴雨而塌方了，五辆车全部被困。上人知道后马上派人做了两百份便当送来，另外用保温杯泡了人参汤送给司机，让司机一路冲来喝，以使他们有充沛的精力安全地开好车。因为车子不得不绕道，我们多走了五天的路。这五天里，每到一处，上人就给当地的慈济会员打电话，询问我们的情况，给我们送来便当，给司机送去人参汤……就在这次旅游遇险三天后，我决定皈依佛门，准备出家了。”

直到列车离站，我抚摩着温热的便当，那个带发修行的少女的话，还犹然在耳。我不由得想，我们许多人往往有机会参加一些盛宴，会喝到美酒，会尝到佳肴，但当你在出远门的启程之际，能为你准备好一份食物和水的，则永远是你温馨的家，是最爱你、怜惜你的家人。慈济人的这种对人的关怀，就是家人对自己亲人的关爱；只不过，他们是从为自我的一个“小家”走向了为天下众人的“大家”。这种爱，慈济人就称作“长情大爱”。因此，他们喜欢把创导这长情大爱的证严法师称为“上人”。“上人”其实就是我们中国广大老百姓对家中长辈的尊称。

列车的车轮滚滚向前。突然间，我似乎又听到了那些带发修行的女孩子们在欢送我的晚会上唱的那首歌的旋律：

我们今天相约在这一刻，
聚会在爱的地球村，
一起为全世界默默地祈求，
迈向幸福的门！

从这首歌里，我似乎理解了慈济人的那种“归家”的感觉了。

我给朋友们讲这个故事，并不是主张你们去皈依佛教；但是我想，我们每个人都有自己的追求，都在寻觅自己的理想，那么，如果有一种理想，能用爱为人类织成一种直指人心的凝集力，使人人都有一种归家的感觉，它也许就能给人类文明点燃希望之光。

“盐寮”探访记

1996年仲秋，我应邀访问了台湾的花莲。告别花莲前夕，当地的朋友为我安排了一次意外的活动——去探访“盐寮”。朋友告诉我，这是一些人为纠正城市物质文明带来的诸多弊病，倡导简朴和谐生活的一片试验性净土。

汽车清晨就从花莲出发，在雨雾中沿着一条长长的滨海公路前行。一边是茫茫的太平洋，一边是花莲东海岸苍翠的山崖，置身其中，真不知此刻自己身处何处？车行一小时后，司机就不停地停车打听，虽然弄清现在已经到了盐寮的所在地寿丰乡，但这片净土却始终不肯露面。我们拣海边僻静处寻找，找了几处，只见到处都是一片片湿漉漉的山坡林地，却没有“盐寮”的影子。

事先，我们已经知道“盐寮”两字的大概含义——“盐”原是一种防腐和调味剂，在这里就引申为抵制社会腐败和调整人们价值观念的意思。“寮”就是竹篱茅舍之类的简单的住所。这特殊的名词和特殊的寓意，在我们心中铸成了一种奇异和神秘的感觉。于是下车后，我们有意识地往山坡的树林里钻，想突然发现一个神秘的洞口——桃园洞；进得洞里，然后豁然开朗，我们就到了另外一个王国——那个与世隔绝的乌托邦式的理想国。可是，山坡上、树丛里都没有洞，或者说，没有一个像样的、人能钻得进去的洞穴；只是当我们钻出密林，站到一个视野较开阔的山坡上时，突然“汪汪汪”——对面的山腰里传来了一阵狗吠。随着这叫声，一只不大的黄狗已经飞奔到我们的脚前。我吓了一跳，刚想逃走，那狗却围着我们摇起了尾巴。它竟没有敌意，似在向我们表示友好呢！我们大惑不解，一研究，觉得这么和善、懂礼貌的狗决非野狗，既然如此，狗主人必定就在附近。也许，牠就是“盐寮”里豢养的宠物呢。于是，我们就半开玩笑半认真地说：“喂，小狗，知道‘盐寮’在哪里吗？快给我们带路！”

奇迹出现了，小狗居然真的摇摇尾巴在前面带起路来。我们一行五人就笑着跟了上去。走了十来分钟，翻过一座不大的山梁，在我们面前的林间空地里出现了几间木板房；木板房的前面，透过一片树丛，就隐约可见白茫茫的大海了。甚至那涛声，已经哗哗地送进了我们的耳朵。一个清净、脱俗的世界呈现在我们的眼前。没有标记，没有说明，没有向导和介绍，我们已经肯定，这里就是“盐寮”无疑了。

我们一行走到一排木房前的草坪空地上，只见一条石子铺就的小路整齐洁净，一直通向房前。路边竖了一块小小的木牌，木牌上写着几个黑字：“主人不在，改日再访。”我的心里不由得生出一丝遗憾。主人不在，好多情况就无法深入了解了。但好不容易找到了它，走马观花地访问一下也是好的。我们就一直向那木房子走去。走到跟前，发现这一排七八间平房，房门都是开着的。一看，左边六间是卧房，里面有简单粗糙的家具和榻榻米。右边是一间厨房，一间储藏室；无论是卧房还是厨房，都是干干净净的。卧房里被子叠得四角方方，厨房里锅碗瓢盆有序地放着，清清爽爽，门口烧火用的劈柴也码得齐斩斩的。

在这排平房的东面，穿过草坪和一片树丛，有一幢两层的木楼，楼檐的横匾上写着：“净修室”三字。它向东突出在海上，南北西三面是树丛，长满了芭栎树、乌柏树、桑树，还有月季花、孤挺花等花草植物。楼房的下层是工具间，上层才作“净修”用。走上二楼，只见楼上四面开窗，窗栏低矮，举足一跨便可出入，窗外四周还有骑楼走廊，伸手可触楼下花木。夜间，人们可以在此乘凉静思，早晨可东观大海日出。这“净修室”简直是“蓬莱仙境”一般。我们正在啧啧称赞之际，忽然望见平房前面有三男两女背着柴禾回来了。我们以为是盐寮主人，连忙下楼赶上前问候，一交谈才知道他们也是来这里体验清贫生活的游客，已经住了近半个月了。从他们的口中，我们对“盐寮”的宗旨和生活有了进一步的了解。

原来，“盐寮”的主人姓欧。这片净土由他和一些志同道合的朋友在这里创立已经八年了。创立之初，他们曾作过仔细考察，足迹遍及地球的东西南北：他们去过科技文明发达的欧美国家，也到过相对落后的南美洲、非洲和亚洲国家。他们从环境保护、爱和人性的修养以及人的教育等方面去观察和体验不同地域和民族的情况；他们体察过文明社会中的不文明，也体验过贫穷落后民族中的自然和淳朴；他们还去访问和了解了一些人类自己独具探索性的生活方式和组织形式——例如以色列的人民公社（奇布兹 Kibutz），印度的修炼中心，瑞士的平民教育，以及安第斯山崇山峻岭里的印第安人部族……在此基础上，他们提出了“盐寮”的理想——用一种新的生活方式改变人们的价值观和人生观，使现代人反省文明带来的负面影响，改善人与人、人与自然的关系，以达到净化人心、净化生活、净化环境，建立一种和谐、喜乐、自由、文明生活的目的。而这种新的生活方式，则有三个主要特点：

其一，简朴清贫。

凡来“盐寮”生活的人，一切事情自己动手：自己捡石修路、担水洗衣、拾柴做饭、除草种菜，或采食野果野菜；不食荤腥，不抽烟喝酒嚼槟榔，不吃罐头、汽水等产生垃圾的食物，不用一切家电。

其二，与大自然和谐共处。

保护环境，爱护“盐寮”的一草一木，与“盐寮”内的动物友好相处。不破坏水土，不制造垃圾，不使用清洁剂、杀虫剂、化肥。生活垃圾堆肥，保持生态平衡。日出而作，日落而息，汲水而饮，采野而食。

其三，修身养性。

淡泊名利，静心静思，读书吟诗，合十祈祷，在大自然中体会宇宙的和谐与博大：登山远眺太平洋，溯溪寻觅水源头；开阔胸襟，实行人与人之间的互助互爱，达到天地人合一的境界。

“那么，加入这里的生活有什么规定，要履行什么手续吗？”听了那几位客人的介绍，我的脑子里忽然闪过一片世俗的念头：当今社会什么名堂都渗进了商业法则，变成了生财之道，哪怕是传授气功易经、拜佛信神，也是要填表入会、付费捐款的。

似乎是领会了我的话外之音，“客人”笑答：“这里没有围墙篱笆，所有房舍的大门永远敞开，欢迎任何善意前来体验的人；不分国籍种族、宗教信仰、男女老少；尤其欢迎社会上的弱势群族，心灵受到创伤、彷徨无依的人；也欢迎组织青少年前来作教育性质的生活体验。既然欢迎一切愿意前来的人，当然无需办什么手续了。当然也不收费，但客人可随意奉献。所有收入钱款、账目公开，每年在《盐寮之友》上公布。”说罢，“客人”就递给我们一叠《盐寮之友》。

这是一种简单的油印刊物，主人每年编出一期，内容很杂；有关“盐寮”活动的所有记载，包括造屋修路、经费的收入支出、前来体验的人员组成以及他们个人的体验心得等，应有尽有。我先翻了一下统计数字：前来体验生活的人，有大中小学生，甚至有老师带着幼儿园的孩子、或者家长带着全家前来的；也有公司职员、教会人员、外国修士。他们的总数：1994年为2130人；1995年为2341人；1996年上半年为1124人。经费收入大部分为几位创始人出资，小部分为体验者奉献。1994年收入268267元（新台币），支出157551元，结余110716元；1995因建造静修室，收入199940元，支出204539元，亏4599元；1996年上半年收入115821元，支出25809元，余90012元。有意思的是，上面还记载了主人对一些不恰当捐赠者的批评：“有人送来了塑胶桶、充电灯（盐寮没有电）、大包尼龙布，这些东西都用不着，放在这里是浪费，还得送出去，给我们增加了麻烦。因此，请大家注意，好心的捐赠要看对方需要，要征求对方的同意，这是尊重！”

不经意之间，我们一行在盐寮已经度过了几过小时，而雨茫茫的天，也突然云开日出，西斜的太阳将海滨的这片土地照得更加洁净、晶莹、明亮。我们漫步在林间坡地，沐浴着从海上吹来的阵阵清风；看母鸡带着小鸡在林中觅食，听公鸡在树上引吭高歌；潺潺的溪流畔蛙鸣阵阵，青青的草丛间虫声唧唧，一派宁静祥和的气氛，真使人陶醉得心旷神怡，宠辱皆忘。更有意思的是，开头提到的那只小黄狗，始终跟随着我们，俨然是“盐寮”的主人在陪伴客人的派头。很快就到了该返程的时候了，但我们一行所有的人，包括司机在内，都舍不得离去，于是我们一致决议：留在盐寮体验一宿。

我们体验的第一件事情，就是去后山的小溪边提水。提水说来容易，但是做起来也不易：得先顺小径下山到海边，然后再折上后山坡，那里有一条小溪，溪边上“盐寮”人筑了个水池。凡洗衣服、冲厕所，就用这溪水。按规定，每人用过厕所后，必须自己冲洗干净，并焚烧手纸。因此，凡准备在此住宿过夜入厕者，必须先到后山担好一担水。这担水，经过上坡下坡，七折八拐，待挑到住所，往往只剩下两个半桶，而人也累得气喘吁吁、背脊冒汗了。然而，担水的人，几乎没有半途而废的。当你的肩上被水担子的重负压得有些吃不住的时候，抬头一看在上山的半山腰转角处，有一个高高的木制十字架，旁边的一块木牌上写着“苦路”两字。于是你就会忽然顿悟这就是你的人生之路，必须咬紧牙关挺过去！

做饭、盥洗用的是泉水，就在厨房后面的山坡上，去提来就容易了。但是，这里没有人会因贪近而用泉水洗衣冲厕的。

我们一行六人开始自己动手筹备晚餐。按照盐寮的规定，客人可以随便到储藏室取米煮饭，但菜一般是要靠自己亲手种植或采集的。不过，前面讲到的几位客人告诉我们，厨房里还有一些菜皮，是前几天一批“青少年简朴生活体验营”的学生特地租了大巴士从“盐寮”出发，去花莲的蔬菜批发市场拣来的。实际上，他们租车用去的费用，比花钱在附近买同样数量的蔬菜，还贵好几倍呢；但是学生们都兴致勃勃地放下架子去拣菜皮，回来后也嚼得津津有味，因为这是自己亲手的劳动所得啊！

我们看到，这些菜皮已经有些发蔫发黄了，但是，它们包含着学生们的一片诚心。这样“珍贵”的东西，我们当然要“惜福”了，于是我们将它细细切碎洗净备用。

接着，我们便出发到山林里去拾柴和采集野菜。因为刚下过雨又出了太阳，树林里的空气既湿润又有一股春天的暖融融的发酵的清香。林间空地上的野草野菜长得青翠茂盛，但我们这些在钢筋水泥城堡里长大的城市人，却无法辨认出哪些可吃哪些不能食；争论了半天没有结果，却又惊喜地发现了新大陆——那些小阳伞似的蘑菇，正在一个劲地往上冒。大家高兴得欢呼起来。我们的司机还有关于蘑菇的常识——他让大家只采白色和褐色的，不采那些色彩鲜艳的。他说颜色漂亮的有毒，不能吃。正采得起劲，忽然从前面的矮树丛里，传来一阵好似母鸡受到惊扰时发出的“咕——咕——”的声音。我们循声望去，果然发现有一只大黄母鸡正在孵着一窝鸡蛋，一数，足足有十八只呢！联想到刚才在“盐寮”木屋前的草坪上见到的母鸡带着小鸡觅食的场面，我们这才悟到，在这里人和动物之间，相处得是多么友好和融洽。为了给正在育儿的母鸡一点奖励，我们搜遍了各自的口袋，最后，我在自己的口袋里找到了一块巧克力，将它放到了母鸡的窝边。以后，我们又在树林里见到了好几个鸟巢。我们不敢打扰它们，便悄悄地离开了。

夕阳染红林梢的时候，我们满载而归。我们将拾回来的柴晒在门口，待晒干后留给后来的人用。我们用前人劈好的干柴生火做饭。虽然是最简单不过的大锅饭和炒青菜、蘑菇汤，但大家都觉得这顿饭吃得特别香，特别可口！当然我们也没有忘记，给一直跟随我们的小黄狗一份晚餐。

吃过晚饭，天完全黑了。我们点上蜡烛，去净修室“静修”——既不祈祷，也不念经。我们只是静静地坐在净修室骑楼的走廊里，看浩渺的大海和天上的星星，听哗哗的涛声由远而近，似从宇宙的深处传来。此时此刻，想到苏东坡在《前赤壁赋》中那“觉宇宙之无穷，渺沧海之一粟”的感觉，是多么的亲切！于是，从世俗中带来的拘束和不安、焦虑与虚伪，一切说不清道不明的思想重负，渐渐地被涛声滤去，只觉得自己已经与大自然实实在在地融为一体了，心中只剩下了祥和与宁静……然而，静下来的心又活跃起来，许多久违了的思绪又蜂拥而至——我好像又回到了自己的童年时代，正透过小阁楼的天窗看着头顶上那一牙月儿，听奶奶教我唱：“月儿弯弯像小船，小船载我去天边……”又似乎一生的追求，终于有了心灵的归宿。在这里，人们生活得简单、平静、安逸、自由、满足；人们尊重人、爱人、又都被尊重、被爱，彼此真诚相待。

我们所在的这间“净修室”，是“盐寮”之友们从海边抬石头、铲沙子，从山上伐树木，一钉一锤自己动手建造起来的；甚至楼顶上的梁木，还请刚好来此参观的德国友人帮忙，凭他们人高马大的个子，才将其送上了房顶。临别时，这些德国友人留言：“爱就是在别人需要的时候尽到责任。你们的理想，是拯救人类的希望！”

默默地、静静地，在净修室里，我们得到了一种心灵的平衡与慰藉。为了与天地、宇宙、大海作真诚的拥抱，我们干脆将铺盖搬到了这里过夜。净修室的东面临着大海，南面向着山溪，西边对着青山：海的宽容、溪的温柔、山的沉稳在这里组成了一支大自然的交响曲。我们就在这支交响曲伴奏下沉沉入眠……

当火红的太阳从浩渺的太平洋彼岸气势磅礴地升起的时候，树林里的公鸡吹响了起床号。我们涌到净修室的护栏边，看那金色的光芒在万顷碧波上织绘绚丽的蓝图。我不由得痴痴地想：人类曾给自己的生活编织过无数美妙的理想，而且为此进行过不休的争论，然而其实践都不那么美妙；而当前，面对着现代人类诸多难以医治的文明病，“盐寮”人的这种返璞归真的新的活法，他们关于“简朴、清贫、自由、真诚和友爱”的人生理想，难道不值得人们去认真地思考和研究一下吗？

“盐寮”给我的感受一时无法理清，然而，当我们与这块净土恋恋不舍地告别的时候，的确觉得自己的精神特别清爽。好像一生的劳累和污浊，已经卸去，生命的活力和生活的勇气，又回到了自己的身上。

因此，当我们按照惯例为盐寮留言时，我代表我们一行人写下了以下几句话：

> 盐寮主人：千里迢迢，有缘来此。主人的理想，这里的清风、绿树、木屋、山石，以及大海和太阳，星星和月亮，还有那些小动物们，已经向我们仔细诉说了。
>
> 没有见到你，又有什么关系呢？愿我们从此缘起不灭！祝你们的“盐寮大同村”早日建成！

五　域外传真

>>>

莫斯科即景

1991年岁末，我随中国作家代表团访问了那个即将解体的世界上最大的社会主义国家。徜徉在白雪皑皑的莫斯科街头，我发现那儿的人们好像特别怕冷，男女老少，没一个不戴帽子的。入乡随俗，我也买了一顶无沿软呢帽，绛红色的，一侧用同质料的细带结了朵小花，说不上特别好看，但扣在头上，自觉笼上了一层异国情调，在街上逛来逛去，好像也不生分了。

也许因为有了帽子，零下20度的严寒，好像也不觉得怎么样。如同下乡时出门戴草帽一样，我在莫斯科、彼得堡和拉脱维亚的日子里，总是戴着这顶绛红色软呢帽上街去。也巧，出国前我匆忙在北京买的长大衣，宽宽大大配着毛领颇具几分北欧风格（回上海后好多人问我这大衣是不是在莫斯科买的），恰好也是绛红色的。所以，我的穿衣戴帽，又有了一种北京——莫斯科相得益彰、浑然天成的感觉，心里很是得意。

这一日我穿着这么一身，正无目的地在别列捷尔金娜大街闲逛，忽然眼睛一亮，仿佛有朵缤纷的焰火在夜空闪现：我看见……我看见的是冰封的大地上跳荡而来的一个春天的音符，那样明丽那样夺目，令人不可思议。真的，凛冽的寒风中，那女孩紫罗兰色的短裙，紫罗兰色的大衣，配一双黑色短皮靴，而两条修长漂亮的腿则裸露着，全然不在意天寒地冻——那样轻盈的脚步，似乎不是在走路而是在大地的心弦上弹奏生命的乐章。

好像有一种迷失了的记忆悄然来到心中，我愣了一下——其实我绝无可能在相似的街头见到如此相似的女孩。但是，也许人类对自己青春的记忆总是相通又相同吧，我突然意识到，这位俄罗斯少女的芳龄，跟我扛着扁担戴着大草帽在乡下插队时的年龄相仿。当然她戴的不是草帽而是一顶极精致的紫罗兰色羊绒软帽。这顶软帽衬得一头栗色的卷发俏皮又洒脱，一张粉嫩的脸蛋，如微绽的桃花瓣。

心的幕布被拉开——虽然二十年前的青春不堪回首，但我唯有向前……向前走——我竟离开自己的同伴，悄悄尾随了这个少女。

前面的一家商店门口，排着长队——这样的情景我已经见惯了，开始还以为有什么特别好的东西在卖，好奇地上前一看，才发觉不过是面包、奶酪之类。有一次好几十个人排队，我兴冲冲走过去，只见那胖大的营业员跟前堆着的，是一些硬邦邦的可以抓起来打人的冻柿子！每见到这种队伍，我心里总有一种自豪之情升起。想想看，我们吃饭都不用粮票了，而曾经一直做我们“老大哥”的，却为几个冻柿子还在排长队！

现在，这个少女也排进了队伍，人们欲购的是红通通圆滚滚的肉肠。如此可爱的早春使者来买肉肠，让我激情顿消，心里颇不舒服，再一想，又释然了：再美的姑娘也要吃肉，没有肉，又怎能出落得如此似花似玉，笑傲漫天风雪呢？

我转身想走开，忽觉队伍里有人向我投来注意的一瞥，抬眼望去，见是位老太太。老太太见我望她，就开口说起话来。我不知道她在说些什么，但见她的目光始终彬彬有礼地落在我的身上，想必她的话是在跟我讲，我就不好走开。她讲了一会，我除了傻笑无法再有别的反应。老太太急了，一面说一面对我做手势；这下我更不明白了，只好在脑子里飞快地揣摩：她是在向我表示友好？是想向我要个纪念品？还是想兑换美金（在这里，据说兜里揣上几十美元，就能尝一回“阔佬”的滋味了）……

就在这时，排在老太太后面的紫衣少女，蹦蹦跳跳地走出队伍，来到我跟前，调皮地一侧脑袋，又朝我脚下指了指；只见她那紫罗兰色的小帽下，一头秀丽的卷发像有灵性的小动物似的，活泼地跳动了一下，可爱极了。然而我依然不得要领，就在这时，她吐出了一个英文单词“Shoes”。我听明白了，她说的是“鞋子”。我低下头去，发现原来是我的鞋带松了。

我赶紧弯腰系好鞋带，心里还是有些疑惑，难道刚才那位老太太的一番口舌，现在这位少女的热心指点，就是为了我这个陌生女人的鞋带没系紧？

然而分明就是这样——我回眸望去时，那老太太在向我点头，一双灰眼睛里闪出亲切的、赞许的微笑。

有些羞愧有些感激，我向老太太也报以真诚的微笑。老太太又说了一句什么话，脸上的皱纹柔和地漾开，条条道道盛着温情——一位多么潇洒善良的老人啊！灰色的呢帽配着一头银丝，腰身笔挺，精神抖擞，即使在这样的寒风这样的队伍里，也保持着一种优雅的姿态。

再看那女孩，已迈着两条长腿，回到队伍里去了——但她并没有回到原来的位置上，而是排到了队伍的最后面。

我很惊讶。队伍排得很长，已延续到街的拐角处了。但没有人加塞，没有人抢先。我注意地打量排队的每一个人，只见他们尽管年龄不一，体态不一，可是无一例外地都穿戴整齐、衣冠楚楚。尤其是当我的目光落在他们头上那些款式各异的帽子上时，总是发现，这顶帽子，与这个人身着的衣裙和足蹬的皮靴是完美和谐的一体。帽子不但显示了一个女人的风情，一个男人的风度，还顽强地表现着这个民族的文化素养，这个民族的精神面貌。

忽然我想到，如果我的袜子上有个破洞，也会被排在这队伍里的人一眼看穿的。这不是一个有顶漂亮的帽子往头上一戴就不顾一切的民族；他们会从头到脚收拾好一切，会有新的崛起。

叶夫图申科的故事

苏联作家叶夫图申科代表全苏作协（当我们半月后结束访问回国之际，全苏作协已宣告解散）宴请我们中国作家代表团。他穿着一件蓝底白花的上衣，那质料酷似上海的一种蜡染土布。我喜欢这种蓝底白花的布料，只是从未见一个男人穿这种衣服。只见他行色匆匆地向我们走来，举止敏捷，脸部的线条充满力度，鼻梁、眉骨和下巴极富雕塑感。只是眼睛——蓝灰色的眸光闪闪烁烁，仿佛既明朗又沉重，既热情又冷峻，令我这个生着黑眼睛也看惯黑眼睛的中国人难以捉摸。

于是一行诗句浮现在我的脑际："婴儿们爬过来，所有的人都生有一双，毋忘我花似的叶夫图申科家人的眼睛。"

我悄悄地笑了。这个叶夫图申科，写起诗来好像总是直抒胸怀——我想生在，所有的国家里；我想爱，世界上所有的女人——我曾经私下里揣摩他之所以有那么大的名气，就是因为道出了普天下男人的心声。不过，有些诗恐怕男人也难以接受，至少是我们中国男人："我爱爸爸所有的妻子，从自己的妈妈开始。而且我也爱、爱过我爸爸的女人。"

"为在座的两位女性干杯！"叶夫图申科说。当然，这是礼节，而不是作诗。

长长的餐桌上早已摆好了食物：色拉、装饰着绿叶的生鱼片；琥珀一样半透明的鱼冻，猪肝泥做的小点心……都是冷的，矿泉水也是冷的，但人情是热的，叶夫图申科的致辞洋溢着诗人的热情和才华。他说："有一次我到一位格鲁吉亚的朋友家祝寿。这位一百岁的寿星告诉我们，昨晚他做了一个梦，梦见自己来到一座公墓，所有的墓碑上都写着 0 字。于是他问守墓人，这些 0 字是否表示人已夭折。守墓人回答说，不，这里的年岁是按人的贡献大小来标志的：一个人生前如果对人类不曾有过贡献，那么他无论活多大岁数，他墓碑上的字依然是 0——今天，我以格鲁吉亚朋友的这个故事代替祝酒辞，欢迎中国朋友。"

我们的袁鹰团长不失时机地举杯："为我们将来的墓碑不刻上 0 字而干杯！"

叶夫图申科突然目光闪闪发亮："请问团长先生生在哪一年？"

"1924 年。"

"哦，在你 18 岁的时候，1942 年，正是我国的卫国战争时期。”叶夫图申科发出了不易察觉的一丝叹息，“记得那时候，买面包要排长队。”

他说着举起了一只手：“还要在手上写号码……”

我们团长理解地点点头：“我们也有过相似的困难时期。”

“我们还去拾麦穗，哪块地被我们拾过，连鸟也不会飞去了。”他一边说一边撕了一块面包，以孩子般顽皮的姿态做了一个投掷的动作，“后来每当我看见孩子用面包打鸟，我心里总是很难过……”

举座默然，对着满桌美丽的冷冰冰的食物，我们不知道如何下口；尝点色拉吧，一股辛辣味直冲脑门。怎么也想不到，盛在这么漂亮的玻璃缸里的色拉，是生洋葱和发空的生萝卜拌成的。抬起头来，我看见叶夫图申科潇洒地把面包投掷到自己嘴里，又开始讲起来——很长的句子，铿锵有力的音节。翻译的速度赶不上。我用心注意着，希望能体会到一点什么。这时我发现，他身上穿的不是什么蜡染土布，而是一件蓝色的印花羊毛衫，很柔软很随便地罩在坚实挺拔的身躯上，好像于果断和力度之外蒙上了一层淡淡的女性化的温柔。

在餐桌的尽头，叶夫图申科的身旁，亮着一盏灯。朴拙的圆木灯座，配着雅致的锦绣灯罩，那灯罩上金色的流苏低垂，被叶夫图申科的手势和音浪振得悠悠发颤。突然我的心也颤动起来，我觉得那一字不懂的俄语里好像有一种碰撞的力量，直直地撞到心中来了——叶夫图申科不是用语言而是用心灵在诉说着什么。他那一双灰色的眸子时而灿烂得像一朵花，时而深沉得像一口井，时而布满秋天的迷雾，时而又盛满春天的阳光……一切都似乎无须翻译，一种从心底流出来的东西像音乐的旋律一样，冲破言语的阻隔在彼此的心间回旋激荡……

那是在1942年冬天，西伯利亚的一个小村庄里。小小的叶夫图申科听说村里来了外国人，就跟别的孩子们一起跑去看——十岁的男孩本是去看热闹的，想不到看见了维纳斯！

不过要说维纳斯，也并不十分确切，那位年轻的美国女记者的美，不是传统意义上的端庄典雅的美，而是一种充满异国情调的热烈奔放的美，一种洋溢着青春活力的无拘无束的美——这个俄罗斯小男孩爱看她一头火红的秀发，浓浓地跳荡在肩头；爱看她两只碧绿的眼睛，盈盈地闪烁着亲切的笑意；还爱看她那白皙的脸庞，漂亮的鼻子……他觉得她真是太好看了。

有一天晚上——也许并不很晚，在那些严寒的冬天，才下午4点，暮色就已降临，茫茫苍穹，以灰黑色的阴影，沉沉笼罩着一片洁白的大地。这个小男孩向自己的村庄走去。

积雪特别柔软，空气清冷得令人发颤；天幕上相继出现的星辰，历历在目；不知是因为照耀着雪原还是被雪原所映衬，群星簇拥的银河显得无比明澈无比深邃，似乎在吸引着这个小男孩走进去。

不过他更想早一点回家去，因为他又累又饿，排了一天队，也没买到面包。他抗拒着因为疲乏而产生的幻觉，希望能马上坐在家里温暖的炉火旁边，喝一口热汤。但他走得很慢。他艰难地挪动冻僵的腿。他甚至不敢哭，生怕眼泪在脸上结冰。

忽然，他看见在不远的前方，遍洒星光的皎洁的白雪上，有一束红红的火苗在闪烁。

他想不出这冰天雪地里怎么会有火苗，也许，是天上掉下的流星吧，流星烧着了村前的草垛……不，这不可能。他揉揉眼睛，啊，眼睛冻得发痛；再定睛望去，那不是火苗，而是一朵红玫瑰，一朵盛开的娇艳美丽的玫瑰花！

小男孩笑了，脚步变得轻快。他好像嗅到了春天的气息。他没有去想雪原上怎么会有玫瑰怒放。他觉得这不是一个问题——当花儿要怒放的时候，难道有什么力量能阻挡吗？

一步一步地，他越来越接近那朵红玫瑰，是一种不可知的、温暖而神秘的魅力召唤着他快步走去。归根到底，在他童稚的好奇的心灵中，是想要弄清花儿是怎么开放的。

当无法再接近的时候，他站住了。他看见了——

那不是玫瑰，而是女人的红头发！

这是一幅不可思议的景象：在这寒冷的、不含一粒灰尘、也不掺一种杂色的皑皑白雪铺成的、纯净无瑕的睡床上，一个黄头发的苏军飞行员正和一个红头发的美国女记者在做爱！

震惊使孩子愣住了。他不知道应该怎么办才好，是前进呢还是后退；是看着他们，还是扭过头去绕道走开？他满脸通红，心咚咚直跳；而他们根本没有注意到他，根本不知道有一个小孩儿在走过来。

震惊之余，小孩儿有些委屈。他委屈自己这么小，这么小……小到不被注意，小到不能走进这个世界。他伸出右手在通红的脸颊上抓来抓去。

就在这时，一阵轰隆隆的声音划破了雪原的寂静。他抬头望去，只见一辆接一辆的军车，正奔驰而来，浩浩荡荡，一眼望不到头！这是苏联红军的军车。

夜行的军车把大光灯开得雪亮，千里雪原被照得如白昼一般。男孩的眼睛被强光刺激得眯缝了起来，大地也在威武的车轮下微微颤栗。可是正在做爱的两个人却什么也没看见。对他们来说，没有车队，也没有灯光；目前他们拥有的是整个世界，别的，一切都不复存在。

一种莫名其妙的焦灼感向小男孩袭来。他非常害怕。他怕车队强烈的灯光，怕军车上的人发现了这雪地里的……秘密——他甚至不知道为什么怕，反正，他觉得这有点儿不好。而同时他又怕车灯坏了，军车在昏暗中莽撞前行，把挡在路上的这一对幸福的人儿轧成肉饼！

他似乎觉得应该喊一声什么，可是嗓子堵住了，他一个字也发不出来；他直挺挺地站着，腿像木桩一样。他甚至忘记了自己应该走开。他傻乎乎地看着军车轰响着开来——100 米、50 米……打头的车放慢了速度——显然看见了，什么都看见了；军车像有灵性的动物一样，喘息着犹豫了一下，突然刹住。与此同时，灯光熄灭了。

接着，第二辆军车也刹住了，车灯也熄灭了；第三辆、第四辆……几十辆军车全部停住，所有的灯光都熄灭了。

在最初的刹那，男孩简直不知发生了什么事，突如其来的昏暗好似一条阴柔的黑布蒙上了他的双目。当他习惯了暗淡的光线之后，他看见那白茫茫的、无边无际的雪原之上，车队像一条黑魆魆的长龙，安然不动地静卧着。

男孩不知不觉地也闭了闭眼睛，仿佛为了体验那突降的静默。但奇怪的是他并不感到黑暗——黑暗褪去了，天空灿烂的银河映在眼底。星星像晶莹的钻石，以赤裸裸的眩目光彩拥抱雪原，拥抱大地。男孩的心中弥漫着一片温柔的光明——也许就在这时，他的明眸中有了蓝色的毋忘我花的最初萌芽……

大约十几分钟后，雪地上的一对人站起来了，红头发挨着黄头发。于是第一辆军车启动了，接着第二辆也启动了……车灯再次发光——依然零下20度的严寒，依然沉重的苏维埃军车，雪雾挟裹着浩浩雄风，车队驰向远方……

听到这里，激动使我难以自禁。我想象，就在那一刻，小男孩长大了；我想象，许多年后，他“搭乘军用嘎斯汽车”，他“在波列西耶沼泽地土墩中间的林荫小路上前进”，他看见“那土墩仿佛一顶顶用毋忘我花编织的、天蓝色的帽子”……我注视着摆在自己面前的高脚酒杯。我想斟满它，斟满玫瑰色的红葡萄酒，然后举起它，望着那一双毋忘我花般的眼睛说：唉，我明白了，你会爱爸爸所有的妻子，你会爱所有爱过爸爸的女人，你会的——尽管这不是每个男人都能做到，更不是每个民族都能做到的。

但事实上我坐得又僵又直，连脚趾头都不敢动一动。甚至当我的同行们纷纷取出相机与叶夫图申科合影留念，我也因一种生在骨子里的东方式的羞怯而不敢说一句什么。

“1966年，”叶夫图申科突然话锋一转，“我访问美国，在一次宴会上，忍不住讲了这个故事，突然一位女士从座位上站起来，高声喊——那就是我！我几乎不敢相信自己的耳朵，不敢相信自己的眼睛。我仔细端详，终于透过岁月的痕迹，分辨出那一张依稀秀美的脸庞来——不错，这位女士，西伯利亚雪原上的红头发，是她，真是她！”

这真是一个美好的戏剧结尾。我们一个一个按捺不住地轻轻赞叹，却听叶夫图申科接着说：“这位美国女士，当时已是一位很有名望的剧作家了。她告诉我，自从那次她跟那位苏联飞行员、她的阿廖沙分手以后，依然时时刻刻思念着他。她到他的驻地、他的部队去找他。她逢人就问：‘我的阿廖沙呢？’可是人们摇摇头，好像谁都不认识他。后来她回国了，但她的心还在这片雪原上。她不相信能融化西伯利亚积雪的爱情力量，会从此就消失了，没有了。她不停地打听，不停地询问：‘我的阿廖沙呢？我的阿廖沙呢？’以至当她以后访问苏联，见到斯大林时，一双无畏的绿眸也直视着这位威严的最高领袖：‘我的阿廖沙呢？’

“斯大林没有回避这双眼睛，也没有回避这个问题。他同样望着她，对她说：‘你的阿廖沙是个好青年，我们委派给他更重要的任务了……’”

叶甫图申科的话戛然而止。我却有些迷糊：更重要的任务，这是什么意思？我把询问的目光投向我们的翻译小刘。小刘好像犹豫了一下，解释说：“他的意思是，失踪了，那个阿廖沙失踪了……”

“失踪了……”我终于恍然，再看举座各位，谁也没有出声。像风吹过田野，树叶在枝梢抖动般地自然，我们都能体会到个中的滋味。不同肤色的人身上的不同血液，在一个敏感的痛点上流通了。

“叶夫图申科先生，”我们来自广州的诗人欧阳终于忍不住打破沉默，“你讲的这一切是多么好的小说题材，请问你写了没有？”

“没有！”

这干脆的回答令我意外。叶夫图申科不但驰名世界诗坛，而且还写剧本，长篇小说，一部《浆果处处》倾倒了多少中国的读者；而如此灿烂到极致的情节怎么不写进自己的作品里去呢？

于是我便有些恍惚。刚才讲的那些，一幕幕在眼前再现，让我觉得那应该是一部电影惊心动魄的开首。我出于职业的本能，又下意识地想，可不可以把背景搬到我所熟悉的故土，比如江南田野，华北平原，皖东丘陵……不错，天气倒是暖和多了，春风杨柳，草垛里做爱比在冰天雪地舒服。可是，别说浩浩荡荡开来一行车队，就是偶然被一个捡粪的老头碰上，还不把这一对当流氓治罪？怎么想也不适合，忽然听见叶夫图申科不知接着什么话题又说开了：“为了争取自由我们付出了几代人的努力。现在，我们终于得到了它——我们想说什么就说什么，想干什么就干什么；我们的每一篇文章每一条新闻都不会有人来检查干预了，甚至黄色淫秽书籍也没人来检查。我们似乎真的得到了自由，可是——”

说到这里，他又以那种习惯的潇洒撕下面包抛进嘴里——却似乎抛进了一种难以言说的伤感意味：“可是，很遗憾，现在买面包又要排队了。所以，我想我们不仅要有说话的自由，写作的自由，还要有吃饱肚子的自由……”

我不禁为之一震。又是下意识地，我竟拿着刀叉在桌布上毫无意义地画起来。我画的是永远不变的一种几何图形——从童年时代起，每当我信手在纸上涂鸦我就这么画：半圆下面延伸出一个矩形。有人奇怪地问：“这是什么玩意？”

什么玩意，我也不知道；为什么要画这个，我更不知道，却脱口而出：“一扇窗子。”

“窗子？”人家摇摇头，“不像嘛。”

可我还要画，固执地，不被思想只是被一种习惯所驱使不停地画；稿子的边缘和办公桌面被我画满，仿佛禁锢的心灵需要洞开一扇窗，才能飞向自由的天空。

现在，我又画了。一边画我一边想着叶夫图申科的话，又想着有人写过一本书叫《逃避自由》。无意间一抬头，忽然愣住了。我看见天花板高高的穹窿下，那拼镶着蓝、褐、绿、橙等几种颜色的玻璃窗，由一种半圆连接着矩形的线条构成——我画了一辈子的那种几何图形，竟会如此巨大而绚丽地呈现在面前！这绚丽中透着沉郁的色彩阻隔了外面的自然光照，将一种如梦如幻的宗教氛围投射进大厅内。

除了我们，大厅内还有许多人在用餐，却仍是静悄悄的。木雕台灯垂着流苏，淡黄色的灯罩透出柔和的半明半暗的光线，四壁的橡木护墙板，深褐色的雕花木柱，以及楼梯旁侧精致的小栏杆，都闪烁着一种历史的古旧的光泽。

“这里从前是托尔斯泰的一处住宅。”全苏作协的翻译萨沙向我耳语，“托翁曾经在这里举办过舞会。”

他这么说的时候，我好像看见了着一袭黑衣的安娜·卡列尼娜正从那橡木扶梯上走下来，为了追求心灵的自由，她走出这座古老的住宅，不惜让飞驰的火车把自己的血肉之轧压碎……

忽然，一个高大结实的身影矗立在眼前——在我胡思乱想之际，宴会已经结束。叶夫图申科正跟我们代表团的每位成员握手告别。照例——我悄悄缩到了众人的后面。我默默注视着他上身微微前倾、伸臂与人握手的样子，同时又想起了直挺挺地立在西伯利亚雪地上的那个小男孩，想起我读过的他的《诗歌的培养》一书——确实，在这篇自传性的长文中，他也一字未提那雪地上的遭遇。我终于领悟，那次黑夜白雪里灵魂的洗礼，深深地埋在了他心中的圣地里了。他不会允许自己的笔尖去触动它，但笔底流出的每一行诗每一个音节，都是这场洗礼的培养。

千言万语涌上心头。我真想对他说，不要就这么分手，让我们再谈谈，谈谈你的诗，你的小说，你对自由的追求和思考……

但我只像哑女般颤动着眉睫，眼睁睁望着即将结束的告别仪式，惆怅时光的流逝。

他突然大步来到我跟前。我这才想起，自己也是必须履行这道礼节中的一员。于是我连忙微笑着伸出右手。他迅捷地弯下腰，用双手捧住我的手，送到唇边，很虔诚地吻了一下。于是，我又一次注意到了他那一双蓝灰色的、毋忘我花一般的眼睛……

陶罐里的豌豆

我随中国作家代表团访问了拉脱维亚共和国。当时，“苏联”这个庞大的国家正在解体。我们去时还算是全苏作协的安排，返回莫斯科时，苏联作协就不存在了。

拉脱维亚首都里加郊区，有个叫尤尔马拉的小镇，是波罗的海边的一个宁静的疗养胜地。里加的创作之家就坐落在这里，我们在此下榻。

从冰天雪地的莫斯科来到尤尔马拉，仿佛换了人间。这里受大西洋暖流影响，气候温和湿润，草坪一片青翠，街道虽不宽，但清新整洁，静悄悄的宛若世外。一幢幢小木楼，粉红、淡绿、奶黄……错落有致地掩映在树丛中，有的露出一个尖顶，有的亮出半壁阳台。我久久地流连在这些房子跟前，赞叹那优美的造型、悦目的色彩和精致的建筑工艺。没有两座房子是一样的。我先看见一座漂亮的白色小楼，窗棂镶着洁白的镂空花纹，阳台配着纯白的雅致的雕刻，好像一张白纸剪出来似的，线条既流畅又纤秀；白房子还没看够，回眸一望，只见一个俏皮的绿屋顶，亮丽地闪现在黑松、白桦之间，向我展示着一个童话、一个梦境。

在莫斯科已经看不到一片绿叶，这里的松树却仍然青苍茂盛。白桦泛着银亮的光泽，一眼就能分辨清楚；椴树也很好看，虽落尽叶子，但枝干如伞舒展，一副伟岸的气派；那些只有胳膊粗的小白桦，也高高挺立，好像要急于保卫那环抱中的房子。我觉得，这交相辉映的树和房子，如夫妻般不可分割。房子因树而得生命的灵气——她们是树的娇妻，默默无语，又风情万种，格调迥异又充满魅力……

我们的翻译是全苏作协派的，叫萨沙。他既英俊又热情，十分招人喜欢。特别是初次见面的时候他用上海方言跟我打招呼，并且不无夸耀地对我说汾阳路上的普希金铜像，华山路上的红宝石餐厅……我们一见如故。原来他在苏联驻沪领事馆工作过。

正在对那里的风景入迷之时，却不见了萨沙。找到他时，他腋下夹着几本书、一张报纸，正慢腾腾地从一家书店走出来。很奇怪，一到拉脱维亚，他变得沉默寡言，好像除了书报对什么也不感兴趣。而我们这些号称写书的中国人，因为语言的阻隔，只能自己阅读这本写在蓝天下的大书了。

9 点 20 分，我们坐小火车从尤尔马拉前往里加市区。海被抛在后面，一条亮闪闪的小河，绕过一座淡黄色的半岛，逶迤而来。我看见沿河的芦苇和杨柳丛中，有一株从未见过的陌生的老树：粗壮的主干，圆滚滚的树冠，光溜溜的纤细枝桠在朝阳的爱抚下闪着淡金色的柔光，外表雄浑而实则纤柔。我不由得好奇地问："萨沙，这是什么树？"

萨沙眼皮也不抬地"哼"了一声："独立树！"

偏有人不知趣地凑过来："萨沙，这是什么河？"

他还是气呼呼地："独立河！"

闹了个没趣，我悻悻地转过脸来，迎着了一对沉默的目光。那目光里好像盛着一种烫人的东西。我张了张嘴想说什么，可是那烫人的火忽然地熄灭了。我很难读懂这双眼睛里所隐含的内容，只觉得它们太深沉了，深沉得好像一口古井，因年代久远而难以激起清朗的水花；但又确信，在井底应该清波依旧。这双眼睛生在一张被皱纹切割得支离破碎的脸上。这些皱纹上有沟壑、有战壕，有难以言说的艰辛和苦难——没有人告诉我这些，但是我相信是这样。每当我试图跟他攀谈时，他就躲开了。他是一位拉脱维亚的老作家——萨沙曾经这样介绍过。

在里加，有许多漂亮的街心公园。街心公园里，有色彩斑斓的野鸭，也有咕咕叫的鸽子跳来跳去。有种树的造型可说曲尽其美：数米长的枝条一直垂到地上，上面缀满淡黄色的小叶——不过我不敢再贸然发问，克制住了自己对植物的求知欲。

在一座街心公园里，我还看到了拉脱维亚民间诗人巴龙斯的塑像。巴龙斯一生致力于收集拉脱维亚民歌，直到他生命的最后一天——1923 年 5 月 7 日，他所收集的 267996 首民歌才全部出版。据说这一天，他坐在自己的书房里，外面门铃响了，一个邮递员送来他最新出版的书，可是他已经拿不动了。他只好一本一本地抚摩它们，嘴里喃喃地说："我为我的民族保留了这些民歌，这是一种幸福，我很幸福……"到后来，他连抚摩书的力气也没有了，只好躺在床上，让人把书放在桌上他能看见的地方。他看着这些书，离开了人世。

参观里加的巴龙斯故居、民间艺术博物馆，女馆长向我们介绍巴龙斯的一生时，声情并茂。这位中年女馆长身材高大，不苟言笑，双手捧着一只淡褐色的陶罐，自始至终肃立着；烫得笔挺的呢裙和西装配着严峻的神态，仿佛一座雕像。可是她的每一句话，都奔涌着岩浆般火热的激情："我们自豪自己是富裕的民族。我们虽然没有高山长河，没有黄金银子，但是我们每个拉脱维亚人都有属于自己的歌。诗歌是我们民族的圣经。我们随着歌声出生——我们的妇女生孩子时唱歌；我们也在歌声中死去——在葬礼上我们也唱歌。我们没有哭的传统。我们的祖先总是唱着歌去迎接一切艰难困苦。今年 8 月，当苏军坦克开来的时候，我们也是挽起手唱着歌迎上去的。尽管有人牺牲了，可是歌声永远留在我们心中……”

听到这里，我下意识地在人群中寻找萨沙，可他早不见了。

“我们是个小小的农业国。在我们这里，最宝贵的是土地，可是，比土地还要宝贵的是自由。”女馆长自豪地接着说，并且抱紧了手中的陶罐：“现在，请你们听听我们民族美好的歌声……”

一个十七八岁的女孩甜甜地、娇憨地为我们唱了一支歌：“小小老鼠要睡觉，有谁带来一个梦，悄悄放在枕头里，别让小猫看见了……”

说实话我并不在意歌曲的寓意和旋律，因为这女孩子实在太美了——一种天使般纯洁的美，绝非“漂亮”二字可以形容。

女孩又唱：“大风请把我刮到巴龙斯的家乡，拉脱维亚人是自由的人。我们自己选择夫人，自己选择马……”

女孩穿一件图案粗犷的浅红色毛衣，一条朴素的牛仔裤，又唱又跳，好像初春吹来的一阵风。

不知为什么，我非常希望萨沙也在这里，跟我们一起倾听这个拉脱维亚少女明媚的歌声。可是，萨沙并没有因为我的期盼而出现。

这时，女馆长抱着陶罐过来了。我一直猜不透里面装的是什么。这时却见她挨个递来陶罐，弯下腰，亲切地微笑道："明天就是圣诞节了，我准备了一些豌豆，请你们尝尝……"

原来，那罐里装的是煮熟的豌豆。但不知加了什么佐料，那豌豆不绿，而是黑乎乎的。我犹犹豫豫地拈了两颗。那女馆长又说："本来，我们应该用更丰富的食物招待你们，因为你们是尊贵的中国客人，而且是我们拉脱维亚独立后的第一批客人。可是我们目前有困难，我向你们深深地致歉。你们中国人也为自己的独立而战斗过，因此我相信你们能谅解。下次你们再来，我们一定请你们坐在桌前，吃一顿丰盛的正餐……"顿了顿，好像意犹未尽，女馆长又意味深长地说："圣诞节以后，太阳又要走白天长的路了；请为中国，也为拉脱维亚祝福！"

我感动极了，连忙又抓了一把豌豆。豌豆煮得很酥软，说不上好吃，但咸津津的，别有风味。我慢慢地咀嚼着，也在咀嚼一个民族深厚的情愫。我又想，如果萨沙在，他能尝出什么滋味呢？

波罗的海日夜喧嚣，在这里时时都能听见哗哗的滔声。海浪卷起白色的泡末，一遍又一遍地以恒久的耐心来冲击这个由草坪、树和诗歌组成的绿色的海湾国家。我的心似乎也被重重地撞击着，久久不能平静。

下午，我们在里加逛街。在街头，我看见一块红色的大理石，上面放满了鲜花。陪同的拉脱维亚导游告诉我们，这是为纪念抵抗苏联军队而牺牲的拉脱维亚的一位摄影记者而立的。这里每天鲜花不断。导游讲得声泪俱下，萨沙翻译时面无表情，而且一律把“苏军”译成“官方”。过后他忿忿地对我说：“一个大家庭，说散就散了，连个招呼都不打一声！”

我不知道该对萨沙说些什么，也不知道广大的苏联人民究竟怎样看他们的国家目前的巨大变化。我将疑问的目光再一次投向那双沉默的眼睛。

晚间休息的时候，他终于开口了。那是长长的一声叹息：“我不能说里加的坏话。很久以前，我住在这里，这里的人待我非常好。”

“可是，”又是一声深深的叹息，“我也不能忘记——我时时刻刻都不会忘记，我是个俄罗斯人。”

又沉默了。但我仍然期待着。我相信他一定还会对我说点什么。

果然，他又开口了：“记得1945年，我就在这里了。那时这里没有汽车，田地一片沼泽。德国人正在撤退。他们把一切都抢走了。我是一个医生。我的家也遭了劫。我把剩下不多的东西装进一辆马车，让马拉着走，走到一片森林里，转来转去，迷了路，不知怎么来到了一座孤零零的小房子跟前。小房子里住着一对拉脱维亚猎人夫妇。这对夫妇打开门，对我说：‘请进来吧，大夫！’他们认识我。我给他们看过病。这时，小房子周围突然响起了飞机的隆隆声和枪声，有四个苏军伞兵降落在小房子附近，与躲在森林里尚未来得及撤走的几个德国人交上了火。过了一会儿，枪声沉寂下来了。两边的人彼此都受了伤。小房子的主人跑出去，把受伤的人都背了回来。我就给他们包扎。后来女主人做饭，做了许多，有肉有菜，味道香极了。我们都坐下来吃，包括那些受伤的苏联伞兵和德国人，还有我，还有这对拉脱维亚猎人夫妇。我很久没吃过这么可口的饭菜了，我吃得很多。我至今还记得那香喷喷的肉和菜的味道。只……只是我以后始终没有提起过这件事。因为我也救过德国人，有个民族立场的问题……”

我沉默了。

第二天，沿着一条落叶铺成的绵绵小路，我独自来到波罗的海海滨。天阴着，蓝灰色的海浪从容地拍击着海岸，涛声具有一种沉稳而和谐的力量，沙滩既洁白又细腻。沿岸坡地上郁郁葱葱的绿树，是这隆冬季节里宝贵的色彩，如精美的刺绣一样装饰着海岸。海鸥飞来飞去，那么快乐那么无拘无束。

呼吸着从海上吹来的清新湿润的风，觉得自己正在跟海作息息相通的交流。不知道什么时候，萨沙来到我的身边。他递给我一封信，让我回上海时帮他寄出。

我马上敏感到这里有故事。果然，他支支吾吾地承认，他的初恋在上海。我向他保证不辱使命，同时又笑着对他说：“看来，地球上不同民族之间，还是有可以相通的感情的。萨沙，昨天参观民间艺术博物馆，你真不该走开——那个为我们唱歌的拉脱维亚少女，可爱极了！”

萨沙没有回答我。也许，他正在怀念那个给他初恋的上海姑娘；也许，他在忧虑他的国家和民族的命运，忧虑自己今后的前途。然而我想，在我们这个现实世界上，普遍的人性越来越被全人类所弘扬和尊重；同时，地域的民族性和爱国精神，也更加为各自的国家和民族所推崇和遵循。不知到什么时候，人类才能冲破这个怪圈？

六书坊 Six Arts Library Series | 书目

六书坊第一辑目录

舌尖上的江南

淋湿的幽默

科学收藏趣味录

钻石秘史

百年时尚符号

走吧，去西藏

六书坊第二辑目录

南海 远方的家

看穿莫言

一个背包客的光影六城记

为一个念想去旅行

六书坊第三辑目录

舌尖上的东北

美国拾零

用诗歌冒犯时代的疯子
——诗人食指

看穿史铁生

往事碎屑

故乡失落的鸟

六书坊第四辑目录

西藏，一路光影

红月亮
——一个孔子学院院长的汉教传奇

他乡的中国
——密约下的中东铁路秘史

看穿王小波

舌尖上的潮汕

巴黎小姐的午夜

六书坊第五辑目录

男人 女人 残疾人

舌尖上的私房菜

是谁围着篝火在跳舞

好个大汉口

旧欢

六书坊第六辑目录

舌尖上的西北

戏边草

蓝厅的故事

故乡花事

流散中国的犹太人

爱神花园笔记